KB269524

나를 알아봐 주는 사람

나를 알아봐 주는 사람

상담자와 내담자가 주고받은
심리 상담 에세이

김려원 · 시월
지음

크드

목차

일러두기

『나를 알아봐 주는 사람』은 시월(내담자) 작가와 임려원(상담자)
작가가 교환 글쓰기로 만든 에세이입니다.

✿ 시월(내담자) 작가　(write. 시월)
◯ 임려원(상담자) 작가　(write. 임려원)

각 작가의 에세이 부분은 해당 모양으로 다르게 표기했습니다.

사람은 저마다 자신의 삶 속에서 타인이 나를 제대로 봐주기를 갈망한다. 부모가 건네는 눈빛, 친구의 따뜻한 인정, 연인의 지지와 존중. 이 모든 순간이 결국은 같은 바람에서 비롯된다.

나는 사랑받는 사람일까?
사랑받아도 되는 사람일까?
나는 괜찮은 사람일까?
내 존재는 의미 있는 것일까?

삶의 초반, 아이를 가장 먼저 알아봐 주어야 하는 사람은 부모다. 그러나 그 자리가 비어 있을 때, 아이는 어쩔 수 없이 더 멀리 손을 뻗게 된다. 친구, 선생님, 때로는 그저 우연히 스치기만 했던 사람들에게까지 기대를 걸며 '나를 좀 알아봐 줄래요?'라는 시선을 보낸다.

나의 내담자 시월도 그랬다. 부모로부터 채워져야 했던 인정과 따스한 지지가 늘 그리웠다. 그래서 주변 사람들에게 더 애쓰며 다가갔다. 시월의 눈빛에는 질문이 담겨 있었다. 그러나 기대는 기대일 뿐 일방적인 관계는 번번이 실망감을 안겨주었다. 점점 마음 깊은 곳에 진정한 자기 마음을 꼭꼭 숨겨두어야만 했다.

하지만 성인이 된 후 상담실이라는 공간에서 조금 다른 경험을 시작했다. 말끝마다 "괜찮아요."라는 말을 덧붙였지만, 나는 그것이 그녀가 말하고 싶은 진심이 아니라는 것을 쉽게 알아볼 수 있었다.

상담자는 직업적으로 누군가의 이야기를 듣는 사람이지만, 단순히 듣는 것에 그치지는 않는다. 내담자의 말 너머에 숨겨져 있는 고요한 신호를 함께 읽어내는 것이 상담의 시작이다. 옅은 웃음 속에 스며 있는 슬픔과 괜찮다는 말 뒤에 숨어 있는 외로움, 나는 그것을 조심스레 비췄다. 시월은 그때 처음으로 누군가가 자기 마음을 알아봐 주는 경험을 했다.

시월은 자기 안의 목소리를 글로 붙잡아 두는 작업에 흔쾌히 동의했다. 이 변화는 상담자로서도, 한 명의 동료 인간으로서도 먹먹한 감동을 준다. 상담자와 내담자가 함께 글을 쓰는 일은 흔하지 않다. 그래서 이 작업은 단순한 기록 이상의 의미를 갖게 되었다. 한 사람이 자신의 인생을 다시 살아보겠노라고 선택한 흔적이며, 동시에 상담이라는 만남이 어디까지 닿을 수 있는지를 확인시켜 주는 살아있는 증언이다.

나는 이 책의 제목 『나를 알아봐 주는 사람』이 삶에 대한 선언처럼 느껴졌다. 상담실에서 얻은 '인정'의 경험이 글쓰기를 통해 세상 밖으로 얼굴을 내밀었다. 마침내 시월은 자신을 가장 먼저 알아봐 주는 한 사람으로 다시 서게 되었다.

자신에게 한 걸음 다가간 시월의 여정은 비밀스러운 듯하지만, 결국은 누구나 마음속 어딘가에서 겪고 있는 길과 닿아 있다. 우리는 저마다의 방식으로 간절한 소망을 안고 산다. 어떤 이는 바람이 충족되지 않아 깊은 상처를 경험하기도 하고, 어떤 이는 자신을 더 잘 이해하는 기회로 삼기도 한다. 이 글을 읽는 당신도 언젠가 '나를 알아봐 주는 사람'을 찾아 길을 떠난 적이 있을 것이다. 어쩌면 지금도 그 여정 중에 있을지도 모른다.

살다 보면 수많은 사람의 시선과 평가를 마주하지만 정작 바라는 것은 단순하다. 내 안의 이야기와 감정을 있는 그대로 봐주는 것이다. 그런 지지가 없다면 사람은 쉽게 지치고 길을 잃는다. 더 잘해야 할 것만 같고, 더 잘 맞춰줘야 할 것 같고, 끝내는 나조차도 내가 무엇을 하려는지 알아차리지 못한 채 하루를 덧없이 보내고 만다.

이 책은 그 길 위에 멈춰 선 사람이 다시 자신에게 돌아오는 길을 찾는 발자취이다. 삶의 방향을 조금 틀어본 그 순간의 기록을 담았다. 우리는 다른 사람이 아닌 자기 자신을 향해 손을 내밀었을 때 비로소 진정한 자아를 되찾을 수 있다. 나는 이 책이 많은 독자에게도 마중물 역할을 하기를 바란다. 다른 사람이 나를 어떻게 보는가에 앞서 내가 나를 어떻게 바라보고 있는지를 물어볼 수 있는 용기, 자책 없는 인정, 흔들리고 뒤틀리고 되는 일 하나 없어 무너지는 날조차 내 삶의 일부임을 받아들일 수 있는 여유, 그것들이 모여 "나는 나를 알아봐 주는 사람이다."라는 당당한 외침이 된다.

회복은 저 멀리에 있지 않다. 다만 당신이 오랫동안 잊고 있었을 뿐이다.

임려원

부모는 선택할 수 없는 존재라는 사실을

그땐 몰랐다. 어렸으니까.

1장

그늘 속에서
자란 아이

혼날 이유가 없던 날들
가정폭력의 그늘

✿ 사랑을 기다리다 벌을 받았다 (*write*. 시월)

부모의 기분에 따른 매질일 뿐이었다.

유치원 때, 잠을 자려고 불을 끄고 누워 있었는데 좀처럼 잠이 오지 않았다. 어린 마음에 그저 누군가가 옆에서 달래주기를 바랐던 것 같다. 동화책에서 본 것처럼, 자기 전 자장가를 불러주거나 책을 읽어주는 반응을 기대했는지도 모른다.

나는 용기 내어 말했다. "잠이 오지 않아요." 하지만 돌아온 것은 따뜻한 말이 아니었다. 왜 잠을 자지 않느냐며 매를 맞았다.

어린아이가 잠에 못 드는 일이 한 시간 동안 매를 맞아야 할 만큼 잘못된 일일까? 정말 무서웠다. 서랍 속에서 드라이버와 망치를 꺼내는 소리는 트라우마로 자리 잡았다. 성인이된 지금도 드라이버와 망치를 보면 왠지 모르게 피하게 된다. 집은 늘 그림자가 드리운 공간이었다. 부모님은 커다란 괴물 같았고, 나는 그 그늘에서 불안에 떨며 자랐다. 괴물이 언제 기분이 좋을지 나쁠지 항상 눈치를 봐야 했다.

위축되어 있다 보니 항상 뭔가를 잘못한 것처럼 느껴졌다. 내가 무엇을 좋아하는지, 하고 싶은 게 뭔지 떠올리는 것이 불안하고 어려웠다. 그런 환경에 익숙해져서 부모님이 곁에 없을 때도 스스로 그늘을 만들었다. 언제 어디서든 부모님께 혼날지 모른다는 긴장감 속에서 살았고, 그것은 결국 나의 방어기제가 되었다.

당시 혼난 이유를 아무리 생각해 봐도 답은 나오지 않았다. 결국 스스로 의심하는 쪽이 마음이 편했다. 내면에 자리 잡은 불안은 자존감을 조금씩 갉아먹었고, 삶의 주도권을 내 손으로 놓게 했다. 누군가가 불합리하게 화를 내도, '내가 뭔가 잘못했을 거야'라고 먼저 생각하게 되었다. '항상 잘못하는 사람'이라는 인식은 나에게 일종의 꼬리표처럼 붙어 있었다. 잘못하지 않았더라도, 잘못했거나 혹은 잘못할 거라는 불안한 예감에 사로잡혔다.

부모님이 너무 무서워서 강박적인 행동도 하기 시작했다.

그릇에 새겨진 가족 문양을 똑바로 맞추고, 욕실 슬리퍼도 가지런히 정리했다. 그렇게 하면 맞지 않을 수 있을 거라고 믿었다. 가장 의지하고 편해야 할 공간인 집은 나에게 감옥과도 같았다. 무슨 죄를 저질렀는지도 모른 채 갇혀 있었다. 답답하고 어두운 공간이었다.

내가 원하는 것과 필요한 것을 부모님께 당연하게 요구할 수 없었다. 말을 꺼내기 전에 부모님의 기분부터 헤아려야 했다. 밥 때가 늦었는데도 엄마 아빠를 깨우지 못했다. 한 번은 배가 너무 고파서 동생과 함께 생쌀을 먹은 기억도 있다. 싸늘한 공기가 맴돌던 지하 집의 아침이 생생하다.

가족은 나에게 항상 1순위 문제였다. 긍정적인 의미는 아니었다. 어디에 있어도 집에 돌아가면 부모님이 화를 낼 거라는 근거 없는 불안이 마음을 잠식했다. 막연하게 다른 집도 이럴 것이라고 생각했다.

아버지는 매우 가부장적이었고 자식들에게 엄했으며 정서적으로는 이해하려는 모습이 거의 없었다. 어머니는 우울한 날이 많았고 기분이 오락가락했다. 본인조차 돌볼 여력이 없었던 것 같다. 술도 자주 마셨다. 술을 마시면 폭력적으로 변하곤 했다. 자식들을 때렸고, 자살 기도를 전시하듯 보이기도 했다. 나는 지금도 술을 입에 대지 않는다. 부모님 두 분 다 자식들에게 좋은 본보기를 보여주신 것 같지는 않다.

많이 원망했다. 때리고, 화내고, 소리 지르던 부모가 너무 미웠다. 그 마음을 종이에 써서 버렸다가 들킨 적이 있다. 나는 그 종이를 입에 물고 무릎을 꿇고, 손을 들고 벌을 서야 했다. 타이밍도 참 좋지 않았다. 그날은 설거지를 다 하고 "제가 다 했어요."라는 쪽지를 붙여놨던 날이다. 어머니는 그 쪽지를 갈가리 찢어 버렸다. 내 진심은 늘 이런 식으로 무너졌다.

나의 사랑은 어디에도 닿지 않고 보답받지 못하는 기분이었다. 왜일까? 아직도 잘 모르겠다. 무슨 이유로 나는 그렇게 혼나야 했고, 늘 '잘못된 아이'여야 했던 걸까. 점점 내가 남들보다 못난 존재가 아닐까 하는 의심을 하게 되었다. 원래부터 모난 돌처럼, 고쳐 쓸 수도 없는 존재 말이다. 부모는 선택할 수 없는 존재라는 사실을 그땐 몰랐다. 어렸으니까. 그래서 주어진 대로 맞고, 벌을 받았다.

자기검열은 아주 어릴 때부터 심했다. 초등학교 2학년 때, 나는 나 자신을 욕하는 말을 가득 쓴 쪽지를 적었다. 그렇게 말로 스스로 할퀴고 나면 이상하게도 카타르시스 같은 것이 느껴졌다. 이유가 없으니 차라리 내가 이유가 되는 편이 편했다. 나는 나에게 낙인을 찍었고, 이후로는 남들과 똑같은 실수를 해도 내가 더 잘못한 것처럼 느껴졌다. 맞는 것도 당연하다고 여겼다.

이런 이상한 죄책감과 자학은 내 그림자가 되어 나를 따

라다녔다. 나는 못난 아이였고, 자기 의심은 점점 더 커졌다. 확신이 부족하니 남들의 말에 쉽게 휘둘렸다. 눈치를 보느라 하루하루가 버거웠다. 내 유년기는 철저히 그림자에 눌려 있었다. 통제가 심했지만 터뜨리는 일은 없었다. 오히려 숨는 것이 더 편했다. 그것이 내가 택한 생존 방식이었다. 수긍하며 살아가는 것.

어릴 때 만들어 낸 이 믿음은 내 사고방식의 기본값이 되었다. 무언가 일이 잘 풀리지 않으면 외부 요인을 고려하기보다 내 잘못을 먼저 생각하게 됐다. 상대방의 기분이 안 좋아 보이면 내가 뭔가를 실수했을 것 같다는 생각이 자동으로 떠올랐다. 과거의 반복된 억압이 만든 결과이자, 그 시절 생존을 위해 체득한 방식이었다.

새로운 일을 시작할 때는 설렘보다 불안이 앞섰다. '내가 해도 되는 일일까?', '실패하면 내 탓일까?' 같은 생각들이 머릿속을 어지럽혔다. 결정해야 할 때는 늘 주저했고 감정은 문제를 일으키는 것으로 여겼다. 결국 나는 감정 자체를 조심하는 사람이 되었다.

관계에서도 마찬가지다. 갈등이 생기면 상황을 해결하려고 하기보다는 사과부터 하게 됐다. 상대의 말이 옳아서가 아니라 갈등 자체가 두렵기 때문이었다. 설명 없는 처벌이 돌아올까 봐, 설명할 기회를 빼앗긴 채 또다시 죄인이 될까 봐 움츠러들었다. 솔직한 대화를 못 하니 진짜 나를 드러내는 일도 점점 줄었다. 누군가 내게 실망하거나 서운함을 표현하면 그것은 곧 내가 문제 있는 사람이기 때문이라고 느껴졌다. 나는 미리 자신을 공격하는 방식으로 나를 변호했다.

내 기준은 늘 바깥에 있었고, 나는 그 기준에 맞추느라 지쳤다. 그때 나에게 필요했던 것은 감정을 말할 기회였다. 나는 여전히 그 시절을 기준 삼아 나를 해석하고 있다. 그리고 그것이 내 삶의 많은 가능성을 가로막는다.

○ 그늘 속에 갇힌 아이에게 (*write.* 임려원)

시월의 글을 처음 읽었을 때, 나는 한 자리에 오래 멈춰서 시월의 문장을 곱씹었다. 익숙한 단어들이 낯설게 느껴졌고, 한 줄 한 줄이 마음을 때리는 것 같았다. 상담실에서 수없이 많은 상처의 언어를 접했지만, 그중에서도 이유 없이 맞았던 아이들의 이야기는 유독 오래 마음에 남는다. 왜냐하면 그들은 존재 이유를 자신에게 끝없이 되묻도록 강요받은 것이기 때문이다. "왜 맞았는지도 모르겠어요." 시월이 남긴 이 말에는, 억울함과 공포, 이해받지 못한 채 쌓여온 깊은 고립감이 고스란히 담겨 있었다.

아이에게 부모는 처음 만나는 세계이자, 존재의 기준이 된다. 그런 부모가 이유 없이 벌을 준다면, 아이는 세상을 불공정하게 인식하기보다는 자신을 결함 있는 존재로 받아들인다. 그것이 더 쉬운 선택이기 때문이다. 자신이 뭔가 잘못됐다고 생각하고 그것을 생존을 위한 마음의 공식으로 만든다. 차라리 내가 잘못된 거라면 세상은 무섭지 않다. 나를 고치면 되니까. 하지만 아이는 잘못된 게 아니므로 고칠 수 없다. 그럼에도 불구하고 아이는 계속 자신을 고치려고 한다. 사랑받기 위해서다.

시월의 어린 시절은 그림자와도 같았다. 드라이버 소리, 망치 소리, 무거운 서랍을 여는 부모의 손길까지도 모두 공포였다. 그것들은 단순한 물건이 아니라, 벌을 예고하는 징조였다. 생존의 본능은 그런 소리를 기억 속 깊이 각인시켰다. 성인이 된 지금도 그 소리를 듣고 몸이 움츠러든다는 것은, 그 고통이 과거에 머물지 않고 지금까지 이어지고 있다는 것을 증명한다. 단순한 공포가 아니다. 다시 그때로 돌아갈지도 모른다는 감각이고, 그때처럼 다시 아무 이유 없이 혼날 수도 있다고 느끼는 두려움이다.

시월은 지금도 마음속 어딘가에 있는 그 방 안에 누워 있다. 불을 끄고 "잠이 오지 않아요."라고 말했던 그날 밤, 조심스럽게 건네는 한 마디 뒤에 매질이 돌아왔던 그 기억 속에.

그날 시월이 바란 것은 다정한 목소리였을 것이다. "잠이 오지 않니? 그럼 내가 옆에 있어 줄게."라는 아주 짧고 단순한 말을 하는 목소리. 그 말을 듣지 못하고 대신 매질을 당했다는 것은 정서적 유기이자 감정적 배신이었다. 사랑받기 위해 아이는 침묵과 복종을 배웠다. 그리고 그 과정에서 감정의 언어를 하나씩 잃었다. 슬퍼도, 억울해도, 무서워도, 감정을 표현하면 더 혼나니까 말이다. 그런데 감정은 숨긴다고 사라지지 않았다. 무기력으로, 자책으로, 혹은 남몰래 자신을 찌르는 언어로 돌아왔다.

초등학교 2학년 아이가 자신을 욕하는 쪽지를 쓴다니, 그 장면은 참혹하다는 말로도 부족하다. 또래 친구들이 놀이와 웃음으로 하루를 보내는 나이에, 시월은 자신에게 상처를 주는 글을 쓰고 있었다. 그게 버티는 방법이었다. 나쁜 말을 내가 나에게 먼저 하면, 부모가 덜 미워할 거라고 믿은 걸까? 아니면 그렇게 해서라도 감정의 출구를 만들어야 했던 걸까. 어떤 이유였든 그것은 시월에게 남겨진 유일한 '표현'이었다.

쪽지를 붙여놓고 "제가 다 했어요."라고 말하던 그 마음, 작고 조심스러운 표현은 아마도 어린 시월의 최선이었을 것이다. 부모에게 사랑받기 위해, 미움받지 않기 위해, 그런데 그 쪽지가 찢겼다. 사랑이 짓밟힌 자리에서, 아이는 다시는 마음을 표현하지 않기로 결심했다. 세상은 더 이상 말할 수 있는 곳이 아니었고, 감정은 표현해도 소용이 없으며 결국 혼자 견뎌야 하는 것이라는 믿음이 자리 잡았다.

나는 종종 상담실에서 그런 사람들을 만난다. 어릴 때부터 너무 많이 참았고, 너무 자주 맞았으며, 너무 오래 묻어둔 사람들. 그들은 처음에는 조용하다. 감정을 꺼내는 걸 어려워하고 무슨 이야기를 해도 미안해한다. 마치 자기 존재 자체가 누군가에게 폐를 끼치는 일인 것처럼 말이다. 그런 사람들의 마음을 천천히 듣다 보면, 그 안에는 폭풍처럼 억눌린 감정들이 있다. 슬픔, 억울함, 분노, 외로움. 말이 없지만, 눈빛은 이야기하고 있다. 말하지 않아도 들리는 감정이 있다.

시월은 자신을 '잘못된 아이'라고 여겼다. 어린 시월이 얼마나 치열하게 사랑을 갈망했고 얼마나 조심스럽게 사랑을 건넸는지 나는 안다. 그 사랑이 찢기는 순간조차 꿋꿋이 살아내고 있었다는 걸 안다. 그건 잘못한 아이의 모습이 아니다. 너무 일찍 상처받은 아이의 절규이며, 절규조차 혼자 삼켜야 했던 생존자의 흔적이다. 나는 시월에게 말해주고 싶다. 네가 잘못되어서가 아니라 누구도 네 감정에 귀 기울여주지 않았기 때문이라고. 너의 슬픔은 정당했고, 눈물은 이해받아 마땅했으며, 외로움은 충분히 손잡아 줘야 할 감정이었다고.

이 글을 통해 시월은 그 시절의 자신에게 다시 다가가고 있다. 그 기억을 다시 마주하고 그때의 감정을 꺼내는 것은 쉬운 일이 아니다. 다시 아파야하기 때문이다. 하지만 시월은 해내고 있다. 얼마나 대단한 것인지 나는 누구보다 잘 안다. 이 첫 장의 끝에서 조심스럽게 말하고 싶다. 정말 많이 힘들었겠다고. 그 시절 너는 혼자였지만, 지금은 그렇지 않다고. 이제는 누군가가 너의 이야기를 귀 기울여 듣고 있고, 그 마음을 함께 품고 있다고.

너는 더 이상 혼자 말하지 않아도 된다고.

'왜' 그러냐는 질문

그들이 듣고 싶은 말

내 감정에는 이유가 있어야만 했다 (*write*. 시월)

나의 부모는 강압적이었다. 관계 안에서 우위를 점하려는 사람들처럼 보였다. 나는 인간으로서 마땅히 존중받고 있다는 느낌을 얻지 못했다. 그들에게 내 감정은 무의미하거나 쓸모없는 것으로 여겨졌다.

언제나 정당한 이유를 설명해야 했다. 설명하지 못하면 그 자리에서 감정을 부정당하고, 비난받았다. 점점 부모가 듣고 싶어 하는 대답을 찾는 데 집중하게 되었다. 그들과의 대화는 늘 나에게 불리한 쪽으로 흘렀다. 크게 혼날 만한 일이 아니었는데도 대답할 기회조차 주지 않았다.

동생이 처음 같은 초등학교에 등교했던 날, 나는 모처럼 신이 나 동생과 집에 가고 싶었다. 그래서 동생에게 학교를 마치면 특정 장소에서 기다리라고 했다. 그런데 부모님은 동생을 잃어버린 줄 알고 경찰을 불렀다. 다행히 동생이 그 장소에서 기다리고 있었기에 무사히 찾았는데, 나는 집에 오자마자 대뜸 어머니에게 뺨부터 맞았다. 동생을 꾀어 집에 못 돌아오게 한 나쁜 아이로 낙인 받는 듯한 느낌이었다.

매서운 눈빛, 욕이 섞인 말. 나는 무서워서 울음을 터뜨렸다. 내가 왜 그랬는지, 변명의 이유조차 말하지 못했다. 그저 혼나고, 혼나고, 또 혼이 났다. 뭘 잘 했다고 우냐는 말이 떨어졌다. 어린 나는 울음을 그치려 애썼다. 그들은 내가 상황을 회피하기 위해 우는 것이라고 했다. "울면 다 넘어갈 줄 알지?" 겁이 나서 울었을 뿐인데도, 나는 약삭빠르고 약은 아이로 낙인찍혔다. 사실이 아님에도 그런 말들로 왜곡되었다.

그 후로는 '내가 우는 건 잘못된 일'이라고 믿게 되었다. 감정이 올라올 때마다 눈을 닦던 기억도 있다. 눈물이 나지 않도록, 내가 슬퍼 보이지 않도록.

슬퍼서 우는 내가 이유 없이 한심한 존재처럼 느껴졌다. 관계 속에서 눈치를 보게 되었다. 사람들을 쉽게 믿지 못하게 됐다. 타인에게 과도한 경계심을 가졌고, 비판이나 지적을 두려워하게 되었다. 언제 퇴짜를 맞을지 모른다는 불안이 자리 잡았다. 상대방의 기분을 과하게 신경 쓰다 보니 정작 내 감

정은 점점 배제되었다. 관계가 깊어질수록 불편함도 커졌고, 결국 관계 자체를 피하게 되었다. 시야는 좁아졌고, 마음은 점점 닫혀갔다.

초등학생 때 나는 집보다 밖이 더 좋았다. 하지만 내 감정을 어떻게 말로 표현해야 하는지 알지 못했다. 마음대로 되지 않으면 자주 화를 냈다. 화가 나면 이유를 말하지 않고 표정이나 말투로 감정을 드러냈다. 어머니와 너무도 닮아 있었다. 항상 서툰 말로, 때로는 독한 말로 마음을 표현했다. 그렇게 가장 좋아했던 한 친구를 내 곁에서 떠나보냈다.

친구와 연락이 끊기고 난 뒤 한동안 많이 울었다. 상처를 준 것이 미안하기도 하고, 감정을 잘 설명하지 못했다는 점이 억울하기도 했다. 자책이 계속 밀려왔다. 부모가 나에게 덧씌웠던 '잘못된 아이'라는 프레임에 점점 맞춰져 가는 느낌이었다. 진심으로 그렇게 믿었고, 자기비난이 점점 심해졌다.

내면에 설명할 수 없는 공허함과 분노가 쌓였다. 내가 왜 그런 행동을 하는지 모르고 감정의 세계에 고립되고 있었다. 가면을 쓰고 사는 기분이었다. 속마음을 누구에게도 털어놓을 수 없었고, 그러다 보니 언제나 겉도는 느낌이 들었다. 외로웠지만, 들키고 싶지 않았기에 누군가 다가오면 더 단단한 가면을 썼다. 세상이 점점 더 멀게 느껴졌다. 나는 그 속에서 천천히, 그러나 분명히 고립되어 갔다.

감정이 드는 순간, 나는 그것을 느끼기보다 먼저 설명하려고 애썼다. 기쁘면 왜 기쁜지, 슬프면 왜 슬픈지를 따져야 했고, 화가 나면 그것이 합당한지를 검토했다. 감정은 입증되어야 했다. 이유 없는 감정은 곧 의심의 대상이었다. "기분이 나빠."라고 말하려면 언제, 어디서, 누가, 무엇을 어떻게 했는지를 조목조목 설명할 준비가 되어 있어야 했다. 감정 하나를 꺼내기도 이렇게 긴장되고 복잡하니, 어느 순간부터는 아예 감정을 숨기고 사는 편이 더 쉬워졌다.

문제는 감정이 멈추지 않는다는 데 있었다. 겉으로는 아무렇지 않은 척해도 속으로는 계속 흔들렸다. 감정을 눌러야 한다는 강박은 동시에 감정을 통제해야 한다는 생각과도 맞닿아 있었다. 나는 울어서는 안 되는 사람, 예민해서는 안 되는 사람, 흔들려서는 안 되는 사람이었다. 그래서 감정은 언제나 판단의 대상이었다. 나 자신조차 내 감정을 믿지 못했다. 분노가 올라올 때면 '이건 내가 예민한 탓 아닐까?'라며 스스로 탓했다. 슬픔이 밀려오면 '이 정도로 슬퍼할 일은 아닌데' 하고 감정을 깎아내렸다. 감정은 있는 그대로 받아들여지지 않았다. 나는 나에게 늘 가혹했다.

감정에 합당한 이유가 없는 경우에는 감정 자체가 무효가 되었다. 한번은 친구의 집에 놀러 갔는데 눈이 많이 와서 자고 가기로 한 적이 있었다. 전화로 아버지께 사정을 말하고 허락을 구했더니, 굳이 자고 와야 하는 것이냐고 계속 캐물으셨다. 나는 엄격한 투가 무서워서 친구네 어머니가 보는 앞에서 울고 말았다. 아버지는 그냥 네가 자고 가고 싶은 걸 왜 핑계를 대냐며, 대체 왜 우냐면서 꾸짖으셨다. 나도 내가 우는 이유를 정확히 모르는데 설명할 수 있을 리 없었다. 나는 이상한 곳에서 우는 사람이 되었다.

내 기분이 상했는데 상대가 보기에는 그럴 만한 일이 아니고 그럴 의도가 없었다면 내가 예민하고 유난스러운 사람이 되었다. 내 감정은 상대의 인정을 받아야 했다. 언제나 감정보다 먼저 떠오르는 건, '이걸 말해도 괜찮을까'라는 질문이었다.

감정을 설명하지 않아도 되는 상황이 너무 어색했고, 감정을 드러낼 권리조차 잃어버린 것 같았다. 감정이 잘못된 게 아니라, 감정을 대하는 태도가 왜곡됐다는 걸 알기까지 오랜 시간이 걸렸다. 감정을 느낄 때마다 이유를 묻는 건, 마치 숨을 쉴 때마다 허락을 구하는 것과 같았다.

하지만 나는 그것이 문제라고 생각하지 못했다. 감정이 과하다는 말을 자주 들었고, 감정을 드러낼 때마다 "왜?"라는 질문이 따라붙는 환경에서 자라며 그게 정상이라고 배웠기 때문이다. 설명하지 않으면 이해받을 수 없다고 느꼈고,

설명을 하면 과한 사람처럼 보일까 봐 말을 아꼈다. 가까운 사람과도 거리감이 생겼다. '말하지 않아도 알겠지'라는 기대보다는 '말해봤자 납득 못 하겠지'라는 체념이 남았다.

머리로 감정을 분석했지, 마음으로 느끼지 못했다. 모든 감정이 머릿속에서 걸러지고, 분류되고, 해석되다 보니 진짜 마음이 어떤지는 점점 더 알 수 없었다. 감정은 늘 설명이 가능한 형태로만 살아남았다. 나는 내 감정을 신뢰하지 못하는 사람이 되었다. 내가 느끼는 것이 진짜인지 과장된 것인지, 허용해도 되는 부분인지 아닌지 판단하느라 감정은 늘 뒤로 밀려났다. 감정의 존재를 증명해야만 했던 삶. 나는 그 안에서 내 마음을 점점 잃었다.

○ 감정의 언어를 잃어버렸을 때　　　　　　　(*write*. 임려원)

거대한 침묵의 방에 들어가는 기분이 든다. 방 안에 말하지 못한 감정들이 쌓여 있고, 그 옆에는 소리 없이 울고 있는 아이가 있다. 이유도 모른 채 감정을 부정당하고 입을 열기 전에 겁부터 먹어야 했던 어린 시절의 시월이다. 그 아이는 말하고 싶었지만 말할 수 없었고, 느끼고 있었지만 표현하지 못했다. 표현해도 들어줄 사람이 없었다. 오히려 그것이 벌을 불러왔다. 상담자로서 그 글을 읽는다는 것은, 단지 누군가의 과거를 아는 것이 아니라, 상처 난 영혼이 견뎌온 시간과 싸우며 살아온 방식에 마음을 맞대는 일이었다.

시월은 어릴 때부터 감정을 설명해야만 했다. 설명하지 못하면 그 감정 자체가 무효 처리되었다. 아이는 본능적으로 슬프고 억울해서 울었지만, 그 감정은 늘 '왜?'라는 질문 앞에 검열당했다. 맞지 않기 위해 울음을 멈추려 애써야 했다. 감정을 들키지 않기 위해 눈을 긁었다는 대목은 읽는 사람의 마음을 멈칫하게 만든다. 어린아이가 자신을 향한 폭력을 감추기 위해 스스로 해치는 방식으로 반응했다는 사실. 그것은 정서적 억압일 뿐만 아니라 정체성의 붕괴이자 자존감의 토대를 무너뜨리는 일이다. 반복되면 아이는 결국 자신의 감정 전체를 불신하게 된다. '나는 왜 이럴까?'가 아니라, '내가 잘못됐구나.'라고 결론 짓게 된다.

부모에게 감정을 표현할 수 없는 아이는 점점 감정의 언어를 잃는다. 울면 약은 아이가 되고, 말하면 벌을 받게 되니까 말이다. 어떤 말도 그들의 언어로 통역되지 않는다. 그 결과 아이는 '무엇을 느끼는가'보다 '무엇을 말해야 안전한가'를 먼저 고민하게 된다. 그것이 바로 정서적 억압의 가장 위험한 지점이다. 감정이 눌려 있으면, 삶 전체가 눌린다.

항상 서툴고 못된 말로 표현했다고 쓴 부분은 단순히 말

실수의 문제가 아니다. 그것은 정서적 문해력이 성장할 기회를 박탈당한 사람의 비명에 가깝다. 집에서 감정을 표현할 수 없었던 아이는 결국 그것을 밖에서 비뚤어진 방식으로 터뜨린다. 그 과정에서 가장 소중했던 친구가 떠났다는 이야기, 마음은 너무 좋아했는데 표현이 어긋나 관계가 끊겼다는 이야기는 상담실에서도 자주 들려오는 고통의 기억들이다. 특히 억울했다는 말은 깊은 공감을 자아낸다. 상처를 준 것도 슬프지만, 그런 나를 이해해 줄 사람이 하나도 없었다는 것은 정말 외롭고 아프다. 상담자로서 나는 그 억울함이 얼마나 뿌리 깊은 상실감에서 비롯된 것인지 안다.

감정은 본래 흘러야 한다. 기쁨은 웃음으로, 슬픔은 눈물로, 분노는 말로 흘러야 한다. 하지만 시월은 그 흐름을 일찍이 막아야 했고, 억눌러야 했고, 감추어야만 했다. 그러다 보니 흐르지 않고 쌓였다. 쌓인 감정은 언젠가 한꺼번에 터지게 된다. 분노는 타인을 향해 휘둘러졌고, 그러고 나면 죄책감이 밀려왔다. 죄책감은 다시 자기비난으로 이어지고, 결국 자신을 진짜 '잘못된 아이'라는 프레임 속으로 몰아넣었다. 자기 존재 전체를 부정하는 정서적 고립 상태라고 볼 수 있다.

시월의 고백 속에는 감정이 고립될 때 생기는 다양한 반응들이 적나라하게 담겨 있다. 과도한 눈치 보기, 완벽주의, 타인에 대한 극단적 기대, 대인관계 회피, 가면을 쓰는 삶. 이 모든 것은 방어기제이자 살아남기 위한 방식이었다. 누군가가 다가오면 마음을 들키지 않기 위해 더 단단한 가면을 써야 했다는 말은 상담자로서 너무나 익숙하게 들린다. 그 말의 이면에는 "혹시 또 상처받을까 봐"라는 두려움이 숨어 있다. 감정을 드러내는 일이 너무 오랫동안 위험했기 때문이다. 생각의 습관은 쉽게 달라지지 않는다. 나는 그것이 시월의 잘못이 아니라고 말해주고 싶다. 너무 오래, 너무 홀로, 감정을 품고 버텨온 결과라고 알려주고 싶다.

시월은 말했다. "감정을 표현하지 못한 채 오래 지내면 내면에는 설명할 수 없는 공허함과 분노가 자리 잡는다." 나는 이 문장이 얼마나 많은 이들의 마음을 대변할 수 있는지 알고 있다. 상담에서 마주하는 수많은 내담자가 감정의 언어를 잃어버리고 이유 모를 무기력과 불안 속에 갇혀 살아간다. 감정이란 본디 타인과 연결되는 통로다. 그런데 그 통로가 닫혀버리면, 우리는 타인뿐 아니라 자기 자신과도 단절된다. 시월은 그 사실을 너무도 솔직하고 절절하게 고백해 주었다.

나는 상담자로서 말하고 싶다. 감정은 다시 흐를 수 있다고. 우리가 그토록 두려워했던 감정, 외면했던 감정, 숨기고 덮었던 감정들이 사실은 살아 있기에 우리를 이렇게 울리고, 쓰라리게 만든다고. 감정은 사라지지 않는다. 단지 눌려 있을 뿐이고 때를 기다릴 뿐이다. 그 감정들이 다시 말이 될 수 있도록, 우리는 누군가와 함께 안전한 공간에서 연습해야 한다. 말해도 괜찮고, 울어도 혼나지 않고, 이유 없이 느껴도 이해받을 수 있는 공간에서 말이다.

지금 쓰이는 시월의 글은 그 첫걸음이다. 감정의 언어를 되찾기 위한 용기 있는 시작이다. 그 이야기를 이렇게 길고 정성스럽게 써 내려온 것만으로도 나는 시월이 이미 회복의 길 위에 올라서고 있다고 믿는다. 그 길을 내가 함께 걷게 되어 참 고맙다. 시월의 감정을 이제는 누군가가 듣고 있다는 걸 꼭 기억해 주었으면 좋겠다. "왜?"라고 스스로 물었을 때, 아무도 답해주지 않았던 그 마음에 대해 대답할 시간이 다가오고 있다. "그건 네가 잘못해서가 아니야. 네 감정이 틀린 게 아니야." 그 말을 믿어도 괜찮다고 전하고 싶다.

미움받는 존재
착한 아이가 되기 위한 노력

 물이 닿지 않는 마른 뿌리　　　　　　　(*write*. 시월)

원하는 것을 주지 않으면 갈망하게 된다. 애착의 빈자리는 다른 것으로 쉽사리 채워지지 않는다. 밑 빠진 항아리에 물을 붓는 것과도 같다. 바라는 것을 받지 못한 실망과 절망감도 함께 찾아온다.

어릴 적 나는 사랑받기 위해 애썼다. 착한 아이가 되기 위해 노력했다. 감정보다 관계가 우선이었고 사랑이 더 필요했다. 부모를 실망시키지 않으려고 노력했고, 무례한 말 대신 웃음을 선택했다. 어쩌면 생존 본능에 가까웠다. 울면 귀찮다는 눈초리를 받았고, 떼를 쓰면 "넌 왜 그렇게 못됐어?"라는 말을 들었다. 하지만 아무리 착해지려 해도, 돌아오는 건 사랑이 아니었다. 무관심이었다. 때로는 대놓고 주어지는 비난이었다. 내가 조심스레 건넨 말은 괜히 나서지 말라는 반응으로 돌아왔고, 예민하다는 말로 다시 한번 눌렸다.

대체 내가 뭘 잘못했기에 이렇게 외로울까? 왜 누구에게도 깊이 사랑받지 못할까? 착하게 굴면 사랑받을 줄 알았는데, 왜 늘 주변부에 머물까? 어느 순간부터 내 존재에 대해 의심하기 시작했다. '나는 사랑받을 수 없는 존재야. 뭔가 잘못됐기 때문에 사람들이 나를 외면하는 거야.' 점점 결론에 도달했다. '내가 문제구나. 나라는 존재 자체가 사랑받을 자격이 없구나.' 미움이라는 단어는 더욱 크게 다가왔다.

이 믿음은 천천히, 그러나 확실히 마음속에 뿌리를 내렸다. 아무도 직접 그런 말을 한 적은 없었다. 하지만 무관심과 차가운 반응이 마치 "너는 중요하지 않아."라고 속삭이는 것 같았다. 사람들의 눈빛 하나, 말투 하나에 무너졌다. 결국 나를 미워하게 됐다. '나는 왜 이 모양일까? 왜 이렇게밖에 살 수 없을까?' 자기 비하가 일상이 되었고, 어느 날 문득 거울 속의 내가 너무 싫어졌다. 그제야 나의 우울을 알아차렸다.

남들이 나를 좋아하지 않을 것이라는 거짓된 믿음이 늘 내 곁을 맴돌았다. 그러다 보니 타인과 어울리면서도 진심으로 즐겁다는 생각이 들지 않았다. 그들 앞에서도 행동을 하나

하나 신경쓰느라 힘들었다. 심지어 나를 좋아한다고 하는 사람을 밀어내기까지 했다. 너무 가까이 다가오면 두려워졌다. 그 사람이 나를 정말로 알게 되면 실망할 것 같았다. 그렇게 관계를 피하고, 또 상처받고, 그 상처를 통해 다시 내가 사랑받을 수 없는 사람이라는 믿음을 강화했다.

잘 지내는 사람, 괜찮은 사람처럼 보이고 싶었던 마음도 있었다. 남들이 나를 불쌍하게 보지 않았으면 했다. 울음을 참는 법, 속상해도 웃는 법을 배웠다. 때로는 억울해도 조용히 물러났고 힘이 들어도 표현하지 않았다. 나는 나를 점점 지우기 시작했다. 그게 사랑받는 길이라 믿었다.

내 우울은 조용했고, 투명했고, 설명하기 어려웠다. 기분이 나쁘다기보다는 무의미했다. 아무 일도 일어나지 않는데 내가 점점 사라지는 것 같았다. 존재하는 이유를 모르겠고, 왜 이렇게까지 외롭고 공허한지 설명할 수 없었다. 감정을 깊이 들여다볼 수 있을 만큼 컸을 때 나는 어느새 우울이 내 일상이 되었다는 것을 깨달았다. 무엇보다도 스스로 믿지 못하게 된 것이 가장 깊은 상처였다. '내가 옳은 감정을 느끼고 있는 걸까?', '내가 이렇게 힘든 건 내가 이상한 사람이기 때문은 아닐까?'라는 생각이 매일 나를 짓눌렀다.

삶을 지속할 이유도, 사람들과 연결될 수 있다는 희망도 점점 사라져갔다. 이대로는 아무것도 나아질 수 없을 거라는

절망만이 반복되었다. 모든 감정은 나를 병든 식물처럼 만들었다. 스스로 돌볼 의지를 잃었고, 누군가가 다가와서 돌봐주기를 바라지도 않았다. 사랑받기 위해 살아왔는데, 사랑은커녕 미움만 남아 있었다. 착하게 살아도, 참아도, 다 맞춰줘도 변화하지 않는 현실 앞에서 나는 나 자신을 포기하기 시작했다. 가면을 쓴 겉면에는 잘 드러나지 않았을지 모르지만 속은 점점 빈 껍질처럼 메말랐다. 나는 점점 주변과 단절되었다.

대학생 때가 특히 심각했던 것 같다. 동기들이 재미있는 이야기를 나누어도 와닿지 않았다. 반응보다 생각이 먼저였다. 나의 감정에 대해 다른 이들이 어떻게 반응 할지가 고민이었다. 그래서 섣불리 웃음이 나오지 않았다. 다들 즐거워하는데 혼자 웃지도 않는 심보가 삐뚤어진 사람처럼 보였다. 한마디 말에도 자연스럽게 반응하기가 힘들었다. 나 혼자 가라앉은 듯한 기분이 들었다. 억지 반응을 하고 집에 오면 지쳤다. 아무런 힘이 없었다.

점점 더 나를 방치했다. 씻지 않고, 먹지 않고, 잠들지 않고, 깨어나지 않고 싶다는 생각이 반복되었다. 처음에는 공부를 열심히 해서 장학금도 받았었는데 마지막 학기에 다가갈수록 도무지 열심히 살아야 할 동기를 느끼지 못했다. 모든 감정은 마치 뿌리부터 병든 식물처럼 나를 시들게 했다. 누군가 다가와 손을 내밀어줘도, 이미 말라버린 뿌리는 물을 흡수하지 못했다. 나는 더 이상 누군가에게 기대고 싶지도 않았다.

현실은 달라지지 않았다. 내 노력은 늘 당연시되었고, 내 감정은 자주 무시당했다. 잘못 살아서가 아니라 내가 그냥 존재하기에 문제라는 비틀린 믿음이 피어났다. 분노도, 슬픔도 아닌 체념의 끝이었다. 나는 나를 혐오했다. 사랑받고 싶은 내가 역겹게 느껴졌다. 원하는 게 있다는 사실조차 수치스러웠다.

평소처럼 일했고, 웃었고, 대화를 나눴다. 하지만 그 안은 점점 비어갔다. 나는 생기를 잃었다. 내 변화를 잘 알아차리는 할머니도 "요즘 왜 이렇게 잘 웃지 않냐, 말도 잘 안 하네."라고 말했다. 친척들과 부모님까지도 기척을 눈치챘다. 그러나 그들은 중요한 것을 몰랐다. 나는 조용해진 게 아니라 무너지는 중이었다.

이런 상태가 얼마나 지속됐는지는 잘 기억나지 않는다. 어떤 날은 하루를 통째로 잊기도 했고, 어떤 날은 단 몇 분을 버티는 것도 고역이었다. 머릿속은 늘 시끄러운데, 겉은 아무 일 없는 것처럼 살아야 했다. 이중적인 삶 속에서 나는 점점 현실감각을 잃어갔다. 내가 지금 어디에 있고, 왜 존재하는지도 모를 만큼 무너져 있었다.

그런 나를 보며 사람들이 말했다. "살아줘서 고마워." 나는 그 말을 감당할 수 없었다. 살아 있는 것 자체가 죄인 사람에게, 살아있다는 이유만으로 고맙다고 말하는 건 너무 잔인

하지 않은가. 그 말은 결국 내가 계속 이 고통을 견뎌야 한다
는 뜻으로만 들렸다.

○ 사랑받기 위해 자기를 지우는 일　　　　　　(*write*. 임려원)

　어떤 말은 마음의 구조를 보여준다. 시월의 글도 그랬다.
지나온 고통의 보고이자 살아남기 위한 방어의 역사였다. 아
이가 얼마나 오랜 시간 사랑을 기다렸고, 얼마나 절실하게 자
신의 존재 이유를 증명하고자 했는지를 알 수 있었다.

　어린 시월은 사랑받기 위해 애썼다. 착한 아이가 되기 위
해, 무례하지 않기 위해, 속상해도 웃고 억울해하지도 않았다.
양보가 아니라 생존이었다. 감정을 표현하면 혼나고, 속마음
을 내보이면 예민하다는 말을 들으며 물러서던 아이는 사랑
받기 위해 결국 자기를 포기했다. 관계가 감정보다 앞섰다.

　나는 그 절박함이 어떤 고통에서 나오는지 알고 있다. '나
는 사랑받을 수 없는 존재야. 내가 뭔가 잘못됐기 때문에 사람
들은 날 외면하는 거야.' 이 생각은 말로 들은 것이 아니라 매
순간의 반응을 통해 내면에 새겨진 믿음이었다. 체험으로 각
인된 절망은 이론으로 지워지지 않는다. 살다보면 사랑받게

될 줄 알았는데, 그 믿음이 배신당했을 때 아이는 자기 자신을 향해 화살을 돌리게 되었다. 자기 의심은 자존감의 가장 깊은 뿌리를 흔들고, 어느새 삶의 의미까지 잃게 만든다.

시월의 글에는 말없이 삶을 잠식하는 우울이 흐른다. 분명한 고통의 신호임에도 겉으로는 잘 보이지 않았다. 동정받고 싶지 않다는 마음 때문이었다. 감정을 숨기면서 동시에 사랑받기를 원하는 마음의 모순이 얼마나 무거웠을까. 누군가 다가오면 두려워 밀어내고, 그러고 나면 또 외롭고, 그 외로움은 다시 자신을 향한 자책으로 돌아왔을 것이다. 그 악순환이 얼마나 지쳤을까. 마음이 찢어지는 듯했다.

무엇보다도 이 이야기를 쉽게 털어놓지 못했다는 데 마음이 오래 머문다. 혼자서 이 모든 고통을 감당하며 자신의 감정을 의심하고 잘못된 건 아닌지 생각하기까지 그 시간을 얼마나 외롭게 지나왔을까. "나는 내 안에 나조차 미워하는 나만이 남아 있었다." 시월의 말은 존재의 가장 깊은 절망을 말해준다. 인간 존재의 기반이 흔들렸다는 말이다.

시월이 이 글을 쓴다는 것은 자신을 완전히 포기하지 않았다는 의미다. 절망을 이토록 정리된 언어로 풀어낸다는 것은 여전히 자기 자신을 붙잡고 있다는 증거다. 사랑받고 싶은 마음, 누군가와 연결되고 싶은 마음, 감정을 말하고 싶은 마음이 여전히 남았다는 뜻이다. 마치 병든 식물이 내민 작은 새싹 같다. 아직 햇살이 들지 않았는데도 생생하게 살아 있다. 그 새싹을 본다. 아픔의 언어로만 듣지 않는다. 그 안에서 삶이 회복되기를 바라는 내면의 흐느낌을 듣는다.

너무 오랫동안 사랑받기 위해 노력한 시월에게 말하고 싶다. 착하지 않아도 괜찮고, 울어도 괜찮고, 화를 내도 괜찮다고. 모든 감정은 네가 살아 있다는 증거이고, 다시 너 자신을 찾아갈 수 있다는 희망이기도 하다고. 이제부터는 너 자신을 조금씩 믿어도 된다고.

매사에 시큰둥한 반응만이 남았다.
즐거움도, 슬픔도, 분노도 진하게 느껴지지 않았다.

2장

감정을 잃어버린
사람처럼

나는 왜 이렇게 자주 무기력할까
하고 싶은 게 없는 일상

🌸 기대하지 않으니 실망도 없다　　　　　　　　　(*write.* 시월)

　언제부턴가 활력이 없는 게 익숙했다. 존재 자체가 현실과 거리가 있기에 어떤 감각도 와닿지 않았다. 아침에 눈을 떠도 반가움이 없었다. 사는 게 지겨워 몸이 무거웠고 일어나기가 쉽지 않았다. 방 안 공기가 나를 억누르는 듯했다. 하고 싶은 것도 없고, 무엇을 해도 재미를 느끼지 못했다. 무기력은 하나의 일상이 되었다.

　전에는 분명히 하고 싶은 일이 있었다. 설레며 무언가를 시작하고, 실패에 좌절하면서도 다시 일어설 용기가 있었다. 그런데 어느 날부터 무언가에 마음을 쏟는 일이 두려워졌고,

기대하는 것 자체가 불편했다. 목표를 세우는 일이 사치처럼 느껴지고 미래에 대한 계획은 멀고 희미했다. 그저 현재를 유지하는 데 필요한 최소한의 에너지만으로 살았다.

이유를 찾아보면 결국 과거의 상처로 돌아갔다. 쉽게 흘려보낼 수 없었던 말들, 외면당한 감정들, 끝내 보듬어지지 못한 내면의 고통이 마음 한편에 응어리처럼 자리 잡았다.

상처들은 내 안의 정서적 에너지를 천천히 갉아먹었다. 매사에 시큰둥한 반응만이 남았다. 즐거움도, 슬픔도, 분노도 진하게 느껴지지 않았다. 감정의 볼륨이 낮아진 채로 사는 기분이었다. 가끔은 고통보다 무기력의 상태가 더 견디기 어려웠다. 울 수도, 웃을 수도 없는 감정의 평면 위에 서 있는 느낌.

이런 상태를 편안함이라고 착각하기도 했다. 감정의 파동이 없으니 덜 상처받을 것 같고, 기대하지 않으면 실망도 없을 것 같았다. 벗어나고 싶었다. 그러나 어떻게 해야 할지 몰랐다. 마치 깊은 안개 속에서 길을 찾으려 애쓰는 것처럼 끝이 보이지 않았다. 미래에 대한 감흥도 사라졌다. '이렇게 살다가 죽겠지.' 생각하다 보면 내 인생에서 내가 스스로 멀어진 기분이었다.

어릴 때부터 나에 대해 잘 몰랐다. 무엇에 흥미를 느끼는지, 무엇을 하고 싶은지 알지 못했다. 그림을 좋아했지만 어

떻게 해야 하는지는 알 수 없었다. 친구들은 자신의 미래를 알아보며 이런저런 걱정을 했는데, 나는 미래가 잘 상상되지 않았다. 특별히 해결책이 있는 것도 아니었다. 포기하는 마음이 내 삶에 은은하게 깔려 있었다. 내 이야기가 아닌 것처럼 외면하기 쉬웠다.

성인이 된 지금도 내 삶에 동기를 부여하는 것이 어렵다. 남들이 다 하는 사소한 일도 나는 특별한 목적을 느끼지 못해 어려웠다. 열심히 사는 사람들을 보면 신기했다. 그들은 참 빛나 보였다. 커다란 스크린 영화관에서 나오는 작품 같았다. 나 홀로 어두운 영화관에 앉아 남의 삶을 계속 지켜보는 기분이었다. "계속 이렇게 살아도 될까?" 그런 생각이 자꾸 들었다. 삶을 생존으로 본다면 살아있는 것이 맞았다. 하지만 의미를 발견하고 스스로 움직이는 것이 삶이라면 나는 죽어있었다. 움직이는 시체와도 같았다.

인생은 막연하고, 미래는 비어 있었다. 불안이 없었던 게 아니다. 상상 자체가 되지 않았다. 나중에 뭐가 될지, 어떻게 살아갈지 떠올리는 것이 무의미하게 느껴졌다. 늘 현재를 버티는 데에만 에너지를 썼는데, 그것도 점점 고갈되어 갔다. 어떤 일을 해도 "왜 해야 하지?"라는 질문이 따라붙었다. 그 질문에 스스로 답을 하지 못했다. 무언가를 해도, 안 해도 달라지는 게 없다는 인식은 모든 시도 앞에서 나를 무력하게 만들었다. 주변 사람들이 목표를 세우고 자신의 삶을 꾸려가는 것을 보며 나는 이질감을 느꼈다. 그들은 진짜 살아 있는 사람들 같았다.

반면 나는 감정이 닿지 않는 어딘가에서 모든 것을 지켜보는 사람이자 존재감 없는 구경꾼이었다. 무감각 속에서 문제는 점점 더 커졌다. 내가 누구인지, 뭘 원하는지 알 수 없으니 타인과 깊은 관계를 맺는 일도 불가능했다. 삶은 견디는 것이 되었고, 나는 점점 사라지는 중이었다. 이 모든 것들이, 아주 조용히 그러나 확실하게 나를 고립시키고 있었다.

○ 무기력 속에 잠들어 있는 감정　　　　　　　　(*write*. 임리원)

깊은 물 속에 잠겨 있는 듯한 기분이 든다. 소리도, 빛도, 감각도 흐릿한 그 안에서 보내는 작은 파동 하나하나가 얼마나 귀하고 절절한 신호였는지를 느낀다. 무기력은 단순히 아무것도 하기 싫은 상태가 아니다. 그것은 삶의 에너지를 잠식한 오래되고 깊은 감정의 누적이다. 시월의 무기력은 단절의 결과였고, 반복된 상실과 포기의 총합이었다. 처음에는 분명하고 싶은 게 있었고, 설레는 마음으로 무언가를 시작하던 순간들이 있었다. 실패에 좌절하면서도 다시 일어나려는 용기도 있었다. 하지만 그러한 마음들이 하나둘 무너질 때 시월은 무기력을 배웠다.

기대는 실망으로, 감정은 외면으로, 노력은 실패로 돌아오는 과정을 반복하면서 점점 마음의 볼륨이 줄어들었다. 그렇게 활력을 잃어갔다. 살아 있었지만 살아 있다는 감각은 점점 흐려졌다. "감정의 파동이 없으니 덜 상처받을 것 같고, 기대하지 않으면 실망도 없을 것 같아서." 나는 이 대목에서 멈추지 않을 수 없었다. 얼마나 많은 사람이 이런 착각 속에서 살아가고 있을까. 상처를 피하고 싶어서 감정 자체를 꺼버리는 사람들. 감정의 파동 없이 평면적인 삶, 울지도 웃지도 않는 하루, 그 무채색의 날들을 지나며 시월은 자신도 모르게 고립되어 갔다.

그녀는 자신의 삶에서 멀어진 느낌이라고 말했다. 마치 커다란 영화관에서 남의 삶을 구경하듯, 삶의 주체가 아니라 관찰자처럼 느껴졌다고 한 부분이 인상적이다. 그것은 자기를 향한 소외이고, 존재에 대한 부정이다. 사는 것이 감정과 의미와 움직임이라면 시월은 자신이 한참 '움직이는 시체'처럼 살아왔다고 말했다. 무서운 표현이지만 동시에 얼마나 솔직하고 정확한 자기 고백인지 상담자로서 경외심이 들 정도다.

무기력은 한 번에 깨지지 않는다. 하지만 감정의 결빙을 녹이기 시작하면 변화가 시작된다. 삶이 다시 말을 걸면 처음에는 낯설고 어색할 것이다. 하지만 아주 작은 기쁨 하나, 누군가의 진심 어린 한 마디, 스스로 만든 단 하나의 쉼표가 사람을 다시 움직이게 할 수 있다. 활력은 억지로 끌어 올리는 것이 아니라 억눌린 감정을 천천히 풀어내며 회복되는 것이다. 언젠가는 자신도 모르게 웃고 있는 모습을 발견하게 된다. 무기력의 안개는 그렇게 천천히 걷히기 시작한다.

시월에게 말하고 싶다. "너의 무기력은 게으름이 아니야. 너는 잘 살아왔어. 무기력한 날들 속에서도 스스로 완전히 놓지 않았고, 언젠가는 다시 살아보고 싶다는 마음을 잃지 않았어. 무기력 속에 있을 때도 너는 여전히 존재하고 있었어. 이 글을 통해 나는 너의 감정을 들었고, 너의 하루를 함께 느꼈어. 그리고 나는 지금, 여전히 여기에 있다는 사실이 네게 닿기를 바라고 있어. 너는 혼자가 아니야. 무기력의 평면을 지나, 다시 입체적인 삶을 살아갈 수 있어. 그 시작은 바로 지금, 여기에서부터야."

얼어붙은 마음을 만나다
관계의 단절과 무감각한 대화

 감정이 없는 게 아니었다　　　　　　　(*write*. 시월)

어렸을 때부터 나는 나의 감정을 쓸모없는 것 또는 중요하지 않은 것으로 인식하고 있었다. 없는 것과 비슷한 취급이었다. 누가 상처를 줘도, 실망스러운 일이 있어도, 그저 담담하게 넘겼다. 속으로는 분명 뭔가 불편하거나 억울한 마음이 있었던 것 같은데, 그 감정들이 수면 위로 떠오르기 전에 이미 얼어붙은 느낌이었다.

겉으로 보기에는 문제가 없었다. 아르바이트나 학업도 유지하고 있었고, 인간관계도 특별히 나쁘지 않았다. 남들이 보기에는 열심히 사는 것처럼 보이기도 했을 것이다. 하지만 내

안의 세계는 텅 비어 있었다. 아무 일도 하지 않고 누워 있는 날이 많아졌고, 감정을 느끼는 대신 멍한 상태로 시간을 흘려보냈다. 사람들과의 대화가 점점 피곤하게 느껴졌고, 친구들의 웃음이 부럽기보다는 낯설었다. 카페에 모여서 친구들의 일상적인 이야기, 직장에서 있었던 일, 동료와의 시시콜콜한 에피소드 등을 들어도 어쩐지 진심으로 반응하기 힘들었다.

감정이 자연스럽게 다가오지 않았다. 누군가가 진심을 나눌 때도 나는 어떻게 반응해야 할지 몰랐다. 상대의 감정에 공감하고 싶었지만, 내 감정을 알지 못하니 제대로 반응하지 못했다. '괜찮아?', '힘들었겠다'라는 말은 건넬 수 있었지만, 정작 마음으로 그들을 느끼지 못했다. 내가 감정을 숨기고 있다는 사실조차 처음에는 인식할 수 없었다. 이상하게 늘 가슴 한편이 답답했고, '내가 뭔가 잘못 살아온 건 아닐까?' 하는 생각이 들었다.

나는 문제를 느끼고 심리 상담을 받았다. 그렇게 내 마음을 들여다보는 일이 시작되었다. 처음엔 마치 깊은 바닷속을 더듬는 것처럼 막막했다. 어린 시절의 기억, 억울했던 순간, 화가 났지만 말하지 못했던 때, 상처를 받았지만 참아야만 했던 일들… 모든 장면이 하나둘 떠올랐다.

가장 큰 변화는 감정이 나쁜 것이 아니라는 사실을 받아들이게 된 것이다. 슬퍼도 괜찮고, 화나도 괜찮고, 억울해도 괜찮다는 걸 인정하게 되었다. 감정이 나를 괴롭히는 무언가가 아니라, 나 자신을 지키고 알려주는 소중한 신호라는 걸 알게 되었다. 분노는 나를 지키려는 외침이었고, 슬픔은 무언가 소중했던 것을 잃었기 때문에 당연히 따라오는 감정이었다. 억울함은 내가 정당한 대우를 받지 못했다는 신호였고, 외로움은 연결과 따뜻함이 필요하다는 증거임을 배웠다.

나는 감정이 없는 사람이 아니었다. 그것들이 마음속 어딘가에 있었다. 천천히 언 마음을 녹이며 나 자신과 다시 연결되었다. 이제는 감정이 올라올 때 무조건 눌러버리지 않는다. 잠시 멈춰 서서 그것이 어디서 왔는지 들여다보려 한다. 그리고 그 감정을 말로 표현하려 노력한다. 아직은 서툴지만 이전과는 다른 방식으로 내 마음과 마주하고 있다.

예전의 나는 감정이 올라오는 순간 그것을 위험한 것으로 여겼다. 화가 나면 '화를 내면 안 돼', 슬프면 '이 상황에서 왜 슬픈 건데'라고 스스로 다그쳤다. 마음이 울고 있는 줄은 몰랐다. 외로움이 목구멍까지 차올라도 아무 말 할 수 없었다. 지금도 여전히 서툰 부분이 있다. 감정을 말로 꺼내려다 목이 메고 눈물만 흐를 때도 있다. 하지만 그건 내가 나에게 솔직해졌다는 증거다. 이제는 그런 나를 부끄러워하지 않으려고 한다. 감정에는 정답이 없다는 걸, 말로 다 설명하지 않아도 전달될 수 있다는 걸 완벽하지 않더라도 계속해서 내 감정을 배우고, 느끼고, 말하려고 한다. 그것이 나를 회복시키고 진짜 나와 다시 연결되게 해주고 있다고 믿는다.

감정을 느낀다는 건 내 삶의 진짜 맥락을 되짚는 일이다. '나는 왜 그 말에 화가 났을까?', '그 상황이 왜 그렇게 고통스러웠을까?' 스스로 질문하다 보면 어느새 오래전의 기억이나 과거의 상처가 떠오른다. 그 순간 감정은 과거의 나와 현재의 내가 서로 만나 손을 잡는 통로가 된다. 내 과거를 복원하고 현재를 이해하며 미래를 준비하게 한다. 감정은 나를 나답게 만들어주는 본질이다. 나는 여전히 배우는 중이다. 기쁨과 슬픔, 분노와 서운함, 고마움과 안도감. 그 모든 감정을 환대하는 방법을 말이다.

○ 마음의 언어를 배우는 여정

시월의 글은 단단한 울림을 가졌다. 너무 오래 외면당한 감정들이 마음속 어딘가에서 얼어붙어 있었다는 고백은 내 마음을 멈추게 했다. 무기력으로 나타난 몸의 반응, 멍한 표정 뒤에 가려진 감정의 층위, 그리고 그 모든 것을 말로 설명할 수 없어 조용히 숨어들 수밖에 없었던 그 시절의 시월을 나는 깊이 이해하고 싶다.

사람은 누구나 감정을 가진 존재로 태어난다. 그러나 그 감정을 느끼는 방법은 주변 환경에 따라 얼마든지 달라진다. 울면 혼나고, 화내면 무례하다며 핀잔받고, 속상하다고 표현할 때 '그까짓 일'이라며 평가당한 경험이 반복되면, 감정은 존재 자체가 아닌 억제해야 할 대상이 되어버린다.

그리고 그 억제의 반복은 어느새 감정을 느끼는 능력 자체를 내면 깊이 묻어버리는 결과를 만든다. 그것은 감정이 억눌린 상태에서 사람이 느끼는 존재적 고립감, 살아 있다는 감각의 상실, 자신과의 연결이 끊어졌다는 깊은 단절감에서 비롯된 절규다.

감정은 삶의 언어다. 무언가를 느끼지 못하면 삶 자체가 흐릿해진다. 시월이 겪은 공감의 어려움, 친구들의 웃음이 낯설게 느껴지는 경험, 사람들과의 대화가 피곤하게 느껴지는 일상은 모두 감정의 부재로 인해 생긴 정서적 고립의 흔적이었다.

시월은 자신이 감정을 감춘다는 사실조차 자각하지 못했다. 이것은 상담 장면에서 자주 발견되는 현상이다. 감정을 억누르는 것이 일상이 되면, 억누른다는 인식조차 사라진다. 그저 가슴이 답답하고, 이유 없는 자책감이 밀려오고, 나중에는 모든 게 공허하게 느껴진다.

시월은 상담을 통해 그 언어를 다시 배우고 있다. 정말 용

기 있는 결정이다. 꽁꽁 언 땅을 손으로 파 내려가듯 조심스
럽고 고통스럽지만 아주 중요한 부분이다. 시월은 상담을 받
는 동안 어린 시절의 기억, 억울했던 순간, 말하지 못한 감정
들이 하나둘 떠올랐다고 한다. 나 역시 그 순간이 선명히 그
려진다. 감정을 느끼는 것이 허용되지 않는 시절을 통과한 사
람들은 다시 감정을 느끼기까지 참 많은 것을 감수하며 용기
내야 한다.

　감정의 자각은 너무도 소중하다. 그저 통과해 버려야 할
문제가 아니라 나 자신과 연결되기 위한 과정이기 때문이다.
시월은 지금 감정을 되찾는 중이다. 자기 존재를 회복하는 일
이기도 하다. 정서적으로 성숙하면서 자기 삶의 중심을 다시
잡는 일이기도 하다. 존재를 찾기 위해 선언하는 시월에게 말
하고 싶다.
　"시월아, 나는 믿어. 분명히 그 언어를 익힐 수 있을 거라
고. 네가 이제껏 얼마나 감정을 참아왔는지 알기에, 그만큼
더 깊고 풍부한 감정의 세계를 되찾을 수 있을거라 생각해.
때때로 느리고 막막할 수 있지만, 그 안에서 너는 분명 조금
씩 따뜻해질 거야. 이제 너는 껍데기가 아니라 진짜 살아 있
는 사람이야. 나는 그 여정을 함께 지켜보고 있고, 진심으로
응원하고 있어."

사람들 앞에서 작아지는 기분
공감하는 역할을 자처하는 사람

🌸 불편하게 하고 싶지 않았을 뿐인데　　　　　　(*write*. 시월)

언제나 긴장의 연속이었다. 사람들과 함께 있는 자리가 무언의 시험대 같았다. 상대가 조금만 표정이 굳어도 '내가 뭘 잘못했나'라는 불안이 곧장 올라와 숨이 막혔다. 심장이 조여오고, 말수가 줄고, 입술을 깨물며 '어떻게 해야 그 사람의 기분을 풀 수 있을까?' 고민하게 됐다. 아무도 비난하지 않았는데, 이미 스스로 재판장에 세우고 있었다. 나를 지키기 위해 저자세를 취했다.

누군가와 마주 앉은 순간부터 경계심이 생겼다. 상대의 표정, 말투, 목소리의 톤, 심지어 숨소리까지 분석하려 애를

썼다. 이 사람은 나를 싫어하고 있을까? 실망했을까? 내가 한 말이 그를 불쾌하게 만들었을까? 의심과 불안이 마음을 점령하면 점점 더 조심스러워졌다. 말끝을 흐리고, 고개를 끄덕이고, 웃어야 할 타이밍에 맞춰 억지웃음을 지었다. 그렇게 눈치라는 이름의 갑옷을 두르고 타인의 세계에 겨우 발을 들여놓았다.

불편한 감정을 만들고 싶지 않았고, 상대의 실망감을 견디는 게 너무 힘들었다. 타인의 기분은 내 책임처럼 느껴졌고, 그래서 늘 상대를 먼저 살폈다. 내가 하고 싶은 말보다 상대가 듣고 싶을 만한 말을 찾았고, 나의 감정보다 상대의 감정을 먼저 배려했다. 그러던 어느 날 문득 질문이 생겼다. '나는 왜 이렇게 눈치를 보며 살아가는 걸까?'

어릴 적 나는 조용한 아이였다. 놀다가 목소리를 크게 내면 아버지의 눈총이 돌아왔고, 궁금한 것을 어머니에게 질문하면 귀찮다는 표정이 돌아왔다. 아버지가 주무시는데 반찬 뚜껑을 소리 내서 열었다고 혼이 났다. 학교에서 배운 노래를 부르며 놀면 시끄럽다는 타박이 돌아왔다. 냉장고에 있는 간식을 먹어도 되냐고 물었을 때는 누가 노크를 하지 않고 안방으로 들어오느냐는 답을 들었다. 엄마는 말문이 턱 막혀서 안방 문 앞에 서 있는 나를 밀어내고 문을 닫았다. 나는 목소리를 잃어버린 것만 같았다.

부모의 기분을 살피며 자라다 보니 누군가의 기분이 좋지 않을 때는 언제나 내 탓이 아닐까 걱정했고, 갈등을 절대 만들지 말아야 한다고 생각했다. 감정을 표현하는 법을 배우기도 전에 감정을 감추는 법부터 익혔다. 모임에서 늘 공감하는 역할을 자처했다. 친한 친구에게도 싫다는 표현을 하지 못했다. 사람들은 매번 그런 나에게 배려심이 깊다고 말했지만, 칭찬처럼 들리지 않았다. 있는 그대로의 내가 아닌 나의 착한 가면을 사랑한 것이기 때문이다.

어느 날, 오랜 친구와 사소한 다툼이 있었다. "넌 항상 미안하다거나 괜찮다고만 하니까 내가 너를 어떻게 대해야 할지 모르겠어." 친구의 말은 예상치 못한 충격이었다. 뭐라고 답을 해야할지 몰라서 얼버무렸다. 뭐가 미안한지도 모르면서 또 미안하다고 했다. 친구는 한숨을 쉬었고 나는 불안해하며 눈치를 봤다. 대화는 어정쩡하게 넘어갔다. 결국 불편함만이 남은 대화였다. 그때 처음 알았다. 눈치를 많이 보는 것이 관계를 좋게 만드는 기술이 아니라는 것을 말이다. 나는 나를 숨김으로써 관계를 더 원만하게 만든다고 생각했지만, 오히려 벽을 만들었다. 그런 태도가 진짜 친밀함을 막았다.

누군가의 기분을 지나치게 살핀다는 건, 내가 나를 얼마나 불신하고 있는지를 보여주는 신호였다. '나는 있는 그대로 괜찮은 사람이다'라는 확신이 없기에, 누군가의 표정 하나에도 요동치는 것이다. 그건 나쁜 사람이어서가 아니라, 그냥 사람이기 때문에 일어나는 일이다.

지금은 조금씩 다르게 살아보려 애쓰고 있다. 예전에는 말하지 않고 넘겼던 감정을 이제는 아주 조심스럽게 꺼내보려고 한다. "그 말이 좀 서운했어요.", "지금 제가 기분이 좀 가라앉았어요."라고 말하는 것이다. 처음에는 말 한마디 꺼내는 데도 심장이 벌렁거리고, 온갖 부정적인 시나리오가 머릿속을 휘젓는다. "이 말을 했다가 분위기가 이상해지면 어떡하지?", "상대가 나를 예민하다고 생각하면 어떡하지?" 걱정들이 밀려온다. 하지만 그런 불안 속에서 한 발 내디딜 때, 놀랍게도 상대는 내 진심을 받아들이고 나와 더 가까워졌다.

나는 조금씩 깨닫게 되었다. 감정은 관계를 위협하는 것이 아니라 연결하는 도구라는 것을. 내가 나의 감정을 인정하고 표현할 때, 비로소 상대도 진짜 나를 만날 수 있게 된다는 것을. 물론 모든 사람이 그것을 잘 받아주는 것은 아니다. 어떤 사람은 여전히 불편해하고, 어떤 사람은 내 말을 가볍게 넘기기도 한다. 하지만 중요한 건 그 반응이 아니라 내가 자신에게 솔직해졌다는 사실이다. 나를 지우지 않고도 관계를 이어가는 경험은 분명한 자존감의 회복이었다.

나는 지금도 눈치를 본다. 여전히 내 안에 깊게 배어 있는 생존 본능이자 내가 자라온 환경이 남긴 흔적이다. 어떤 상황에서든 분위기를 먼저 읽고, 말하기 전에 백 가지 경우의 수를 상상한다. 이런 기질은 쉽게 바뀌지 않을 것이다. 그래서 이제는 눈치라는 감각을 억지로 없애려 하기보다는, 그것을 하나의 정보로 받아들이고 압도되지 않는 연습을 하고 있다. '지금 내가 눈치를 보고 있구나', '내가 나를 불신하고 있기 때문이구나' 하고 알아차리는 것만으로도 마음은 조금 더 여유로워진다.

이제 더 이상 나를 없애는 방식으로 관계를 유지하고 싶지 않다. 조심스럽고 느린 방식일지라도 내 감정을 표현하고, 나로서 존재하면서 맺는 관계를 더 소중히 여기고 싶다. 갈등이 있을 수도 있고, 오해가 생길 수도 있다. 실수하고, 상처받고, 때로는 누군가를 불편하게 할 수도 있다. 하지만 그것은 내가 나로 살아가고 있다는 증거다. 그저 사람이기 때문에 일어나는 자연스러운 일이라는 것을 이제는 안다.

눈치라는 이름의 갑옷을 나는 완전히 벗을 수 없을지도 모른다. 하지만 적어도 그 안에 갇혀 있지는 않을 것이다. 갑옷을 벗었다 입었다 하면서, 안과 밖을 오가며 나를 지키고 표현하는 법을 배우고 있다. 언젠가는 마음에 먼저 귀 기울이는 사람이 되고 싶다. 있는 그대로의 나로 살아도 괜찮다고 말해주는, 스스로 믿을 수 있는 사람이 되고 싶다.

◯ 눈치라는 갑옷을 입고 살아온 시간　　　　(*write*. 임려원)

오래전 조용히 울음을 삼키던 한 아이의 숨소리를 듣는 듯했다. 무언의 시험대 위에 선 듯한 대인관계와 모든 사람의 눈빛을 분석하며 자신을 지워내야만 했던 시간이 눈 앞에 그려졌다. 안간 힘을 다해 착하게 살았고, 갑옷 안에 마음을 꾹 눌러 담았다. 상담자로서 나는 그것이 얼마나 고된 생존 방식이었는지를 알아챌 수 있었다. 들여다볼수록 마음이 아려왔다.

이를 '과잉적응'이라 부른다. 과잉적응은 자신의 감정을 억누르며 타인의 기대에 맞춰 행동하는 경향을 말한다. 어릴 때부터 부모의 기대, 감정, 표정을 먼저 읽어야 했던 아이들은 자기 감정보다 타인의 감정을 우선시한다. 그것은 잔인하게도 선택이 아닌 본능이다. '갈등은 위험하다.', '실망시키면 버림받는다.', '말을 잘못하면 다친다.' 이런 감각이 몸에 새겨져 있는 사람에게, 대인관계는 단순한 사회적 활동이 아니라 정서적 전장과도 같다.

시월은 그 전장을 매일 지났다. 웃어야 할 때 웃고, 맞장구쳐야 할 타이밍을 미리 생각해서 반응하고, 마음속 불편함은 삼킨 채 편안한 사람의 얼굴을 하고 살아왔다. 그렇게 관계를 지켰지만, 자신을 잃어갔다. 사람들은 그녀를 배려심 깊고 착한 사람이라 칭찬했지만, 정작 그 말은 상처로 느껴졌다. 그것은 사랑이 아니라 역할에 대한 호감이기 때문이다. 이·진실은 쉬이 도달할 수 있는 자리에 있지 않다. 시월이 착한 사람을 자처한 것은 상대를 배려하려는 마음이었고, 상처 주지 않으려는 선한 의도였지만 자신을 위한 것은 아니었다. 그 선택 안에 나 자신이 없었다는 걸 깨닫는 순간은 쓰라리면서도 깊은 전환점이 된다.

마음을 나누지 못한 채 이어가는 관계는 단절과 다름이 없다. 진정한 친밀함은 불편한 감정까지도 용기 내어 꺼내놓을 수 있을 때 시작된다. '괜찮지 않다'라고 말할 수 있어야, '괜찮다'라는 말 역시 진심으로 다가가고 진심으로 들린다. 억지로 눌러 삼킨 말들, 삼킨 채로 흘려보낸 순간들, 그 모든 것들이 쌓여 마음의 문을 닫게 만든다. 그러니 감정을 표현한다는 건 단지 마음을 드러내는 일이 아니라 상대에게 내 진심을 건네고 싶다는 다정함일지도 모른다.

상담실에서도 종종 착한 아이, 배려 있는 사람으로 살아온 이들의 고단함을 목격한다. 이들은 갈등을 피하며 관계를 지켜온 것 같지만, 실은 타인의 욕구에만 집중해 온 경우가 많다. 이 과정은 자존감을 갉아먹고, 점점 더 깊은 자기 불신으로 이어진다. '나는 이 관계에서 정말 나로서 존재하고 있는가?', '혹시 불편함만 없으면 된다고 여겨지는 건 아닐까?' 이러한 질문들이 마음에 고여 있다면, 이미 그 관계는 친밀함보다는 긴장감이 더 많은 것일 수 있다.

　'눈치'라는 감각에 대해 생각해 본다. 눈치를 보는 것으로 생존해 온 시월의 수많은 시간을 떠올린다. 시월은 자신을 지키기 위해 선택한 방법이 진정한 관계를 막는 벽이 되었음을 뒤늦게 깨달았다. 이 깨달음은 참으로 값지다. 그 감각이 나를 지키는 것이 아니라 지치게 하고 있다는 것을 안다면, 이제 우리는 그 생존 기술을 조금씩 내려놓는 연습을 할 수 있다.

　완전히 벗지 않아도 된다. 벗지 않더라도 숨 쉴 틈을 만들 수는 있다. 그리고 잊지 말자. 갈등은 관계의 파괴가 아니라 진실된 관계로 가는 과정이다. '싫다'라고 말했을 때 떠나는 사람은, 원래 내 마음을 받아들일 준비가 되지 않았던 사람일 수도 있다. 괜찮지 않다는 말을 듣고 나를 더 이해해 주려는 사람이야말로, 내가 오래도록 곁에 두고 싶은 사람이다.

　내 마음을 말하는 연습을 시작한 시월의 결심은 너무도 크고 위대한 일이다. 아직은 두렵고 낯설고, 말 한마디를 꺼내는 데도 심장이 뛸 수 있다. 하지만 관계에서 중요한 건 미움받지 않는 것이 아니다. 이제 시월은 관계 안에서 나를 지키는 사람이 되었다. 그야말로 나로 살아가는 길 위에 있다.

존재를 지우다
더 익숙했던 관계들

🌸 나를 잃어버렸다는 것을 알았을 때　　　　　(*write*. 시월)

　중학생 때 좋아하던 선생님이 선물로 주신 소중한 손거울을 반 친구에게 빌려주고 넉 달이 지나도 돌려받지 못했다. 나는 아무 말도 하지 못했고, 그 친구는 입버릇처럼 내가 참착하다고 했다. 그런 칭찬은 나에게 안도감을 줬다.

　그렇게 오랜 시간 살아왔다. 누군가 "오늘 어디 갈까?"라고 물으면 "네가 가고 싶은 곳으로 가자."라고 대답했고, "이건 어때?"라는 제안에 "좋아, 난 괜찮아"라고 반사적으로 말했다. 제일 좋아하는 친구에게도 똑같았다. 별 관심이 없거나 가고 싶지 않은 곳이어도, 혹은 그 달의 예산이 부족해도 거절하지 않았다. 좋아하지 않는 음식 메뉴를 추천해 줘도 곧이 곧대로 수락하고 먹고는 했었다.

그런데 시간이 지나면서 이상한 감정이 생겼다. '나는 지금 이 자리에 정말 어울리는 사람일까?' 마음 속에서 의심이 고개를 들었다. 사실 그 뒤에 나의 진짜 마음이 숨어 있기는 했다. 하지만 절대 꺼내놓지 않았다. 이유는 간단했다. 혹시라도 내 의사를 드러냈다가 상대가 실망할까 봐, 내 감정이 관계에 부담이 될까 봐 늘 한 발 뒤에서 조심스럽게 관계를 지켜보는 입장이었다.

나의 인간관계는 '함께 있음에도 혼자인' 구조가 되어갔다. 마음속에는 늘 외로움이 자리를 잡고 있었다. 내 얘기를 하지 않으니 누구도 내 속을 몰랐다. 갈등이 생길까 봐 조심스럽게 말하고, 분위기를 맞추느라 에너지를 다 써 버렸다. 집으로 돌아오는 길에는 늘 깊은 피로가 몰려왔다. 존재 자체가 탈진한 느낌. 나는 공허하고 낯선 감정에 시달렸다. 내가 느끼는 감정과 타인의 기대 사이의 간극은 점점 커졌다.

어느 날, 평소와 같이 친구에게 "너는 항상 착해서 좋아." 라는 말을 들었는데 이상하게도 기쁘지 않았다. 오히려 속이 텅 빈 기분이 들었다. '그래, 또 나는 착한 역할을 잘 해냈군.' 그건 진짜 내가 원한 모습이 아니었다. 나는 좋은 사람으로 비춰지기를 바라면서도 동시에 나의 마음을 알아봐 주는 사

람을 원했다. 나도 위로받고 싶은 순간이 있었고, 기대고 싶은 순간도 많았다. 하지만 나는 그런 바람을 '이기적인 욕심'이라고 여겨 억눌렀다. 누구에게도 짐이 되고 싶지 않았기 때문이다. 무언가 잘못되었다는 걸 깨달았을 땐 이미 오래 참고 있었고, 더 무뎌져 있었다.

관계 속에서 외로움을 느끼고 이해받지 못한다는 생각에 서운해하면서도, 그 감정을 표현하지 못하는 나 자신이 미웠다. '왜 나는 이렇게까지 해야 하지?'라는 질문이 들면서도, 동시에 '이렇게 하지 않으면 나를 좋아하지 않을 거야.'라는 두려움이 손을 꼭 잡고 있었다. 그런 순간들이 쌓일수록 나는 점점 작아졌다. 사람들이 나를 어떻게 생각할까, 내가 불편한 말을 하면 멀어지지 않을까, 그런 불안이 내 삶 전체에 생각보다 더 깊게 스며들었다. 처음에는 누군가 나에게 무례하게 대해도 그것을 인지하지 못했다. 오히려 그의 기분을 맞춰주려고 했다. 상대가 무슨 말을 원하는지 먼저 읽으려고

사람들과 잘 지내고 싶었다. 분위기를 망치고 싶지 않았고, 소외되고 싶지도 않았다. 그렇게 노력하는데도 내 자리는 확실해지지 않았다. 오히려 더 모호해졌다. 관계가 깊어질수록 나는 더 불안해졌다. 마음속에서는 수없이 이야기하고 있었지만, 입 밖으로 나오는 건 늘 '괜찮아', '응', '그래' 같은 말뿐이었다. 무색무취의 대답들 속에서, 나는 점점 희미해졌다.

누군가가 나를 알아봐 주기를 바랐지만, 아이러니하게도 정작 나는 나 자신을 보여주지 않고 있었다. 그렇게 나는 관계 속에서 실종된 사람이 되었다. 나는 그런 삶을 돌이켜야 한다고 생각했다. 더 이상 누구의 얼굴을 쓰고 살고 싶지 않다. 나는 이제 나의 얼굴로 말하고 나의 목소리로 관계를 맺고 싶다. 그것이 조금 느리고 어설프더라도 말이다.

○ '좋은 사람' 역할에 갇히는 순간　　　　　　　(*write*. 임려원)

　고요한 수면 아래 깊이 잠겨 있던 마음이 조심스럽게 위로 떠오르는 순간이다. 웃고 있지만 허전한 마음, 관계 속에서 점점 작아지는 존재감, 그리고 결국에는 '내가 누구인지 모르겠다'라는 고백. 상담자로서 이 글을 읽으며 '착한 사람 콤플렉스'라는 말보다도 훨씬 깊고 복잡한 정서적 풍경을 마주했다. 상처받지 않기 위해 감정을 억누르고, 욕구를 포기하고, 결국 자기 자신과의 관계마저 단절된 사람의 이야기였다.

　이러한 모습을 '자기소외'라고 부른다. 자기소외는 타인의 기준에 맞춰 자신을 조율하고, 사회적으로 용납되는 좋은 사람의 역할에 몰입한 결과, 진정한 자신의 내면과 멀어지는 상태를 말한다. 시월은 관계에서 '맞춰주는 사람'이었고, 언제나 조심스럽게 분위기를 살피며 충실하게 역할을 수행해 왔다. 그런 시월에게 "넌 참 착해"라는 말은 찬사가 아니라 오히려 정체성의 부담으로 다가왔다.

그녀의 글에는 반복적으로 등장하는 두려움이 있다. '갈등을 만들면 나를 싫어할까 봐', '내가 원하는 걸 말하면 상대가 부담스러워할까 봐', '조금이라도 불편한 감정을 꺼내면 관계가 멀어질까 봐' 이런 마음은 어린 시절부터 시작되었을 가능성이 크다. 부모의 기분을 먼저 살펴야 했던 환경, 감정을 표현하면 귀찮다는 표정을 받아야 했던 경험, 갈등은 위험한 것이라 배워야 했던 기억들. 그렇게 학습된 정서는 시월의 삶 전반을 지배했다.

관계에서 자신을 억누르는 방식은 '안전함'을 제공한다. 덜 상처받고, 불편함을 피하고, 문제를 줄일 수 있다. 하지만 그런 방식이 오래되면, 결국 관계는 '함께 있음에도 혼자인' 구조로 변질된다. 겉으로는 소속되어 있지만, 마음은 고립된다. 무리 속에서도 외로움을 느끼고, 돌아오는 길에는 피로감만 남는다. 그리고 결국 심리적 건강을 위협한다.

시월은 "내가 아닌 '누군가가 되어버린 나'가 말하는 것 같았다."라고 호소한다. 자기 감정을 눌러가며 관계를 유지하다 보면, 결국 자신의 말도 가면을 쓰게 된다. 이때 우리는 더 이상 내가 아니라, 사회적으로 훈련된 대상으로 살게 된다.

그것은 자존감을 갉아먹고, 존재에 대한 근원적 의심을 불러일으킨다. "나는 왜 이렇게까지 해야 하지?", "내가 원하는 건 아무래도 안 되는 걸까?" 이런 질문이 쌓일수록, 사람은 자신을 향해 분노하거나, 혹은 무력해진다.

시월은 이런 반복을 멈추고자 한다. 그것이 이 글의 가장 빛나는 지점이다. 그녀는 좋은 사람을 자처하는 것이 자기 자신과의 연결을 끊어놓을 수 있다는 것을 알아차렸다. 진정한 관계는 나의 기쁨과 불편함, 감정과 욕구까지 포함한 전체의 나로 설 수 있을 때 비로소 가능하다.

다시 한 번 말하고 싶다. "시월아, 네가 진짜 원하는 것은 '사랑받는 사람'이 아니라, '있는 그대로의 나로 받아들여지는 사람'이 되는 것이 아닐까? 그 바람은 이기적인 욕심이 아니야. 인간이 본능적으로 바라는 감정이자, 가장 건강한 관계의 출발점이야. 네가 다른 사람에게 배려와 이해를 주었던 것처럼, 너 자신에게도 그 배려와 이해를 돌려주어야 할 때야.

관계에서 불편함을 표현하는 것, 내 마음을 드러내는 것, 때로는 갈등을 마주하는 것. 이 모든 것은 사랑받는 자격을 잃는 일이 아니라, 진정한 친밀함을 시작하는 용기야. 네가 무례해서가 아니라, 드디어 너 자신을 존중하는 방식으로 살고자 결심했기 때문에 생기는 변화야.

이제 멈춰도 괜찮아. 너 자신을 위한 선택을 해도 괜찮고,

관계 안에서 네 마음을 드러내도 괜찮아. 그리고 누군가 너의 그런 모습을 불편해한다면, 그것은 너의 잘못이 아니라 그 사람이 감정을 나눌 준비가 되어 있지 않았다는 신호야. 나는 너를 응원해. 좋은 사람이라는 역할을 넘어, 자신으로 살아가려는 너의 용기를. 관계 속에서 조금씩 너 자신을 회복해 나가려는 그 섬세한 움직임을. 이제는 가면이 아닌, 너의 얼굴로 세상을 마주하자. 그 길 위에 있는 너는 분명히 더 단단하고 따뜻해질 거야."

내가 나의 중심에 서는 삶,
그것이 내가 진짜로 바라는 삶이라는 걸
이제는 알고 있으니까.

3장

퍼즐을 다시 맞추다

그 사람들은 왜 그랬을까
부모를 향한 원망과 이해

 사랑받을수록 더 불안해 (*write*. 시월)

　나는 부모를 절대적인 존재로 생각했다. 아버지는 무서운 사람이었고, 어머니는 감정이 언제 터질지 모르는 상태였다. 남들도 나처럼 맞고 자라는 줄 알았다. 밖에서 놀다가도 해 지기 전에 돌아가지 않으면 맞게 될까 봐 전전긍긍하고 집에 가면 부모의 기분이 좋을지 나쁠지를 헤아려야 하는 줄 알았다. 오죽하면 할머니 댁에 가서도 집으로 돌아가면 보호받지 못할 거라는 생각이 들었던 것이다.

　우리집은 따뜻한 보금자리가 아니라 긴장과 불안을 안고 있어야 하는 공간이었다. 부모님 말에 대꾸하면 바로 소리가 커졌고, 어떤 날은 손이 먼저 올라왔다. 때로는 설명할 기회조차 없이 벌이 내려졌고, 울음은 그만 울라는 외침으로 통제되었다. 안전하지 않은 공간이었으므로 집을 떠올리면 긴장부터 됐다. 밖에 오래 있어도 빨리 집에 들어가 쉬고 싶다는 생각을 할 수 없었다. 부모로부터 온전히 분리된 나의 공간이 없었다. 나는 무언가 잘못됐다는 걸 알면서도 말할 수 없었다. 오히려 그 상황을 당연한 듯 받아들였다.

성인이 되어서도 부모님의 강압적이고 폭력적인 방식은 계속되었다. 그 기억들이 과거의 사건으로 끝나지 않고 내 삶의 곳곳에 문제 행동 혹은 정서적 패턴이 되었다. 무엇보다 자기표현이 어려웠다. 회의 시간에 말을 꺼내려고 하면 심장이 뛰고, 누군가 나를 지켜보고 있다고 느낄 때면 긴장으로 숨이 막혔다. 무언가 잘못되면 "내가 부족해서 그런 거야."라는 생각이 자동으로 떠올랐다. 인정받으면 당황했고, 실패하면 나 자신을 철저히 깎아내렸다. "네가 뭘 알아?", "그것도 못 해?"이런 말들이 내 자존감을 오랫동안 마비시켰다.

사랑의 형태 역시 왜곡되어 있었다. 사랑은 늘 불편했고, 조심스러워웠다. 이면에 숨겨진 요구나 기대가 있을 것 같아 긴장을 풀 수 없었다. 나에게 사랑은 조건적이었다. 조건을 만족시키지 못하면 버려질 수 있다는 신념이 가슴 깊은 곳에 있었다.

지금까지 연애를 해본 적도 없다. 주변 사람이 고백하거나 마음을 전해오면 무척 부담스럽게 느껴졌고, 그것도 모자라서 불쾌하기까지 했다. 상대를 만족시켜야 한다는 생각에 부담감이 차올랐다. 부모의 사랑도 받지 못했는데 아예 다른 타인은 어떻게 반응할지 상상조차 가지 않았다. 그래서 나는 남이 다가오는 것을 곧잘 거절했다.

그런데 상담을 받으면서 그동안 생각하지 않았던 것들을 생각하게 되었다. 내 부모는 부모이기 전에 평범한 사람이었다는 것을 말이다. 확실히 부모가 되기에는 미성숙한 사람들이었다. 생각해 보면 그들은 젊은 나이, 그러니까 지금 내 나이보다도 두세 살 어릴 때 육아를 시작했다. 집이 없어 늘 사촌이나 할머니 댁에 옮겨 다니며 살았고, 정착했던 첫 집도 벌레가 나오는 반지하였다.

처음에는 억울한 마음이었다. 왜 내가 그들의 상처를 이해해야 하지? 부모가 미성숙하다는 이유로 내가 모든 화를 받아들여야 하나? 그들의 아픔이 왜 내게 상처가 되어야 하나? 그들을 이해한다고 해서 모든 행동이 용납되는 건 아니다.

하지만 그들이 감정을 다루는 법을 배우지 못했음을 받아들이자 뭔가 내려놓는 방법을 터득한 듯 마음이 조금 편해졌다. 그냥 어딘가 모자란 사람들이었을 뿐이었다. 피로 맺어진 가족이기 전에 타인이고, 생판 남이었으면 내가 선택하지 않았을 사람들. 그 사실을 깨달으니 이후에 어머니나 아버지가 화를 내는 상황이 벌어져도 그렇게 무섭지 않았다. 객관적으로 바라볼 수 있게 된 것이다.

나는 평생 나의 가장 큰 문제가 가정이라는 생각에 사로잡혀 있었다. 어머니나 아버지가 화를 내면 그 모든 것을 감당하는 게 나의 몫이라고 생각했다. 내가 뭔가를 잘못했기 때문에 엄마가 저토록 날카로워졌을 거라고, 아빠가 한숨을 쉬는 건 내가 눈치를 못 봐서일 거라고 생각하며 긴장했다. 하지만 어느 순간 다른 가능성을 받아들이기 시작했다. '무례한 자식', '말 안 듣는 아이'가 되지 않기 위해 애쓰던 마음에서 벗어나, 이런 질문을 해보게 되었다. "내가 정말 잘못한 걸까?", "저 화는 정말 나를 향한 것일까?" 그렇지 않다는 걸 알게 되었다. 내가 무언가를 크게 잘못해서 화를 낸 것이 아니었다. 그들의 방식이 성숙하지 못했을 뿐이었다.

그 사실은 나에게 해방을 주었다. 지금껏 짊어지고 있던 무언의 책임감과 죄책감의 무게가 조금씩 옅어지기 시작했다. 내가 있던 자리를 한 걸음 뒤로 옮긴 듯한 느낌이었다. 이전에는 그 감정의 폭풍 한가운데에 서 있었다면, 이제는 바깥에서 바라볼 수 있는 마음의 거리감이 생겼다. 그 거리 덕분에 나는 부모의 말 한마디, 표정 하나에 휘청이지 않게 되었다. 이해는 곧 용서가 아니라는 것도 배웠다. 나는 부모의 과

거를 알게 되었고, 그들이 겪은 고통과 결핍도 조금은 짐작하게 되었다. 그러나 그것을 내가 대신 떠안고, 해석하고, 보듬을 필요는 없었다. 나의 역할이 아니었다. 오히려 나는 지금 그 역할에서 벗어나 자신을 보호해야 했다.

처음에는 이런 변화가 냉정하게 느껴지고 단절처럼 보이기도 했다. "그래도 가족인데….", "그들도 나름대로 힘들었잖아…." 하는 생각이 머릿속을 맴돌았다. 하지만 이제는 안다. 가족이라고 해서 모든 걸 참아야 하는 건 아니며, 나를 파괴하면서까지 유지해야 할 관계란 존재하지 않는다는 것을 말이다. 부모를 완전히 미워하지 않아도, 그들과 심리적으로 거리를 둘 수 있다. 그것이 곧 나를 지키는 방식이며, 진짜 어른이 되어가는 과정이라는 것도 이해하게 되었다.

여전히 가끔은 무력해진다. 익숙한 말투, 반복되는 눈빛, 예전처럼 날카롭게 다가오는 말들 앞에 서면 잠시 숨이 멎는다. 하지만 이제는 그때와는 다르다. "저건 그들의 감정이고, 나는 지금 나의 감정을 지킬 수 있다." 이 문장은 흔들림 속에서 나를 붙잡아주는 작은 닻이 되어준다. 나도 이제 부모의 감정적 미숙함을 바라볼 수 있게 되었다. 더군다나 나는 그들의 부모가 아니다. 이제는 그들도, 나도 각자의 몫을 책임져야 하는 독립된 인간일 뿐이다. 내가 나의 중심에 서는 삶, 그것이 내가 진짜로 바라는 삶이라는 걸 이제는 알고 있다.

○ 그들의 몫을 대신 짊어지지 않는다

　부모를 바라보는 시월의 시선은 참으로 아프고도 성숙하다. 한 아이가 얼마나 오랫동안 긴장 속에 갇혀 있었는지를, 그리고 그 불안을 스스로 의식하지 못한 채 얼마나 힘겹게 혼자 감당해 왔는지를 느낄 수 있다. 무서운 아버지와 억눌린 어머니, 설명도 없이 내려지던 벌과 울음조차 허락되지 않았던 공간. 그곳은 보호받는 집이 아니라 끊임없이 눈치를 보고 조심해야만 했던 생존의 현장이었다.

　어떤 내담자는 상담실에서 이런 이야기를 꺼낼 때 머뭇거린다. "이런 말까지 해도 될까요?" 그 말속에는 여전히 부모에 대해 함부로 말하면 안 된다는 죄책감과 자기 감정을 설명할 수 없다는 두려움이 들어 있다. 이것은 이야기치료나 내러티브 분석에서 '무시형 내러티브'의 한 특징으로도 언급된다. 부정적 경험을 축소하거나 감정을 명사형으로 표현하고, 구체적 사건을 간결하게 줄여 쓰는 것이다. 이런 방식을 사용함으로써 자신의 경험을 중립화하고 방어한다. 더 나아가 자기 경험의 고통을 완전히 부정하지는 않으면서도, 감정의 생생한 결을 최소화하여 거리를 확보하려는 시도로 볼 수도 있다.

　예컨대 "나는 무서웠다."라고 직접 표현하기보다 "그때 상황은 힘들었다."라고 돌려 말하거나, "나는 울었다." 대신

"그때는 눈물이 났다."라고 서술하는 방식이다. 경험의 주체인 '나'를 희미하게 만들면서 사건을 일반화하는 것이다. 이는 무의식적으로 자신을 지키려는 방어기제의 한 형태이기도 하다. 상처를 직면하기에는 아직 감당이 어렵기 때문에, 언어의 힘으로 무게를 줄이고 의미를 재구성하는 것이다.

이런 방식은 때로 치유를 더디게 만들지만, 동시에 자기 이야기를 조금이라도 꺼내고 싶다는 신호로도 볼 수 있다. 완전히 침묵 속에 머물러 있던 사람이 이제는 비록 축소된 방식이라 할지라도 자신의 경험을 언어화하기 시작했다는 점에서, 무시형 내러티브는 단절과 연결 사이의 과도기적 다리 역할을 한다.

특히, 부모를 이해하고자 애쓰는 태도 속에는 '부모도 힘들었으니 내가 참아야 한다.'라는 무의식적 합리화가 깔려 있다. 부모의 폭력적 행동을 회상하면서도 "당시에는 너무 어려웠겠죠."라며 감정적 거리를 두거나, "내가 예민한 아이였어요."라고 말하는 것이다.

이는 자기 감정을 직접 마주하기보다, 의미를 통제하고 정당화하는 방식으로 내면의 복잡한 감정을 다루고자 하는 시도이다. 하지만 그것은 진실을 찾아가는 과정이다. "왜 나는 늘 눈치를 보고 있을까?", "왜 사랑을 받을 때도 불편할까?" 이 질문들은 오랫동안 내면에 쌓인 감정들이 자기 자신에게 말을 거는 신호라고 볼 수 있다. 자기표현이 곧 위험과 연결되던 경험은 성인이 된 후에도 자기 검열과 회피, 자기 비난으로 이어진다. 시월이 그 고리를 인식했다는 것만으로도 이미 큰 변화다.

무엇보다도 인상 깊었던 것은, 부모를 '가해자'로만 보지 않는다는 점이다. 시월은 그들이 미성숙한 인간이었다는 사실을 조금씩 받아들이고 있다. 이 사실을 받아들이는 데에는 아주 큰 용기가 필요하다. 억울함과 분노를 정당하게 표현한 뒤에야 가능해진다.

다른 내담자 상담에서도 가끔 이런 흐름을 볼 수 있다. 처음에는 마음 속이 원망과 분노로 가득하지만, 점차 그 감정 아래에 자리한 깊은 슬픔과 상처를 마주하면서 무게가 조금씩 덜어진다. 부모를 미워해도 괜찮고, 그들을 이해하지 못해도 괜찮다. 하지만 어느 순간 나를 짓눌렀던 그 감정들이 사실은 상대의 미성숙에서 비롯된 것이라는 사실을 알게 될 때, 우리는 비로소 그 영향력에서 조금씩 벗어날 수 있게 된다.

시월은 이제 자신이 잘못해서 그런 일이 벌어진 게 아님을 알아가고 있다. 부모의 감정은 그녀의 존재와 무관하게 흔들렸던 것이고, 그것을 고스란히 받아내야 했던 자신은 결코 약하거나 부족한 것이 아니었다. 깨달음은 과거를 정리하는 데서 끝이 끝나지 않는다. 그것은 시월을 옥죄던 긴장과 죄책감에서 서서히 벗어날 가능성을 열어준다.

시월의 해방감이 어떤 느낌일지 어렴풋이 짐작해 본다. 어느 날 갑자기 찾아오는 벅찬 자유라기보다는, 조심스럽게 허락된 '놓아줌'에 가깝다. 오랫동안 마음속 깊이 엉켜 있던 불안의 매듭을 한 올 한 올 풀어내듯, 자기 안에 남은 상처를 천천히 들여다 보는 중이다. 부모를 더 이상 두려움의 대상으로만 바라보지 않는 이런 순간은 다시말해 자립과 성장의 시작점이라고도 할 수 있다.

그녀는 자기 자신에게 돌아오고 있다. 부모를 객관적으로 바라보는 힘은 곧 자신을 지키는 힘이다. 이제는 더 이상 하루 종일 무기력하게 누워 있을 필요가 없다. 타인의 감정을 대신 짊어지지 않아도 된다. 자기를 스스로 지킬 수 있는 사람이라는 믿음을 키워가고 있다는 것이 무엇보다 중요하다. 이미 많은 것을 이겨냈고, 앞으로도 더 많은 것을 이겨낼 수 있을 것이다. 그 과정이 늘 쉽지는 않겠지만, 분명히 더 단단하고, 더 진실한 삶으로 향하는 길이 되리라 믿는다.

가족이니까 더 조심스럽게, 더 분명하게 (*write*, 시월)

어릴 적부터 부모님과의 관계에 대해 설명하기 어려운 감정을 가지고 있었다. 말로는 괜찮다고 하면서도, 마음 깊은 곳에는 늘 설명되지 않는 거리감이 있었다. 그런데 성인이 된 후에는 그 감정의 근원을 어느 정도 알게 되었다.

어머니와 아버지는 모두 가부장적인 집에서 성장했다. 정서적 안정이나 건강한 표현 방식에 익숙하지 않았다. 같은 문제를 반복했다. 따뜻한 대화보다는 지시와 비판이 많았고, 감정을 공유하기보다는 감추는 것이 당연했다.

아버지는 주로 직설적이고 공격적인 방식으로 표현했다.

화가 나면 말보다 큰 소리가 먼저 나왔고, 감정이 상한 채로 나눠지는 대화는 거의 일방적인 지시나 비난에 가까웠다. 그것은 나를 조심성 많은 사람으로 만들었지만 동시에 자율성과 자신감을 낮췄다.

어머니는 차분했지만 감정적인 교류가 거의 없었다. 속상한 일이 있어서 말해도 위로나 공감을 표현하기보다는 "그럴 수도 있지.", "그 정도는 별일도 아니야." 같은 말로 반응했다. 친구랑 싸워서 속상했던 초등학생 때 나는 감정을 해결할 방법을 몰라 어머니께 털어놓았다. 하지만 어머니는 그걸 왜 자신한테 말하냐는 식으로 답했다. 그런 반응을 여러차례 겪으며 나는 누군가에게 감정을 털어놓는 것이 오히려 불편하게 느껴졌다.

가족이라는 이유로, 내가 받은 상처가 분명한데도 불구하고 '부모'라는 존재 앞에서는 그 사실을 또렷하게 말하기 어려웠다. 부모님의 과거를 이해하게 되면서 그들이 왜 그렇게 행동했는지를 짐작할 수는 있게 되었지만, 그 이해가 곧 용서나 감정적 회복으로 이어지는 것은 아니었다. 이해한다고 해서 과거의 경험이 지워지는 것은 아니기 때문이다.

그래서 나는 '이해'와 '용서'를 별개로 생각하기 시작했다. 이해를 기반으로 하지만, 일정한 거리를 유지하는 관계 말이다. 감정을 차단하기 위한 것이 아니라, 나 자신을 보호하기 위한 선택이었다. 일방적인 방식의 관계가 지속되면 내 삶의 주도권을 놓칠 수 있다는 것을 알게 되었기 때문이다. 부모에게 내가 받은 영향까지 정당화해서는 안 되는 것이었다.

때로는 부모님이 나름대로 애쓴 흔적이 떠오를 때가 있고, 그런 순간에는 내가 너무 단호하게 거리를 둔 것은 아닌지 자문하게 된다. 하지만 동시에 여전히 상처를 받는 나를 발견하고 결국 다시 처음의 판단으로 돌아온다. '내가 안정적으로 살아가는 데 필요하다.' 이러한 생각을 가지는 건 가족관계에서는 흔한 일이다.

감정과 이성 사이에서 균형을 잡는 것은 단기간에 끝나지 않는다. 그러니 시간이 걸리더라도 자신에게 필요한 선택을 존중할 필요가 있다. 부모님을 전적으로 받아들이거나 완전히 거부하는 양극단 사이에는 수많은 선택지가 존재한다. 나는 그중 하나를 택했을 뿐이다. 결국 중요한 것은 내가 그 관계를 어떻게 다룰 것인가에 대한 주체적인 결정이다. 나는 이해와 거리두기 사이에서 현실적인 균형을 잡으려고 애를 쓰고 있다.

처음 거리두기를 결심했을 때는 생각보다 훨씬 혼란스러웠다. 가족이라면 무조건 가까워야 한다는 믿음이 뿌리 깊게 박혀 있었기 때문이다. 그 믿음은 어느 순간부터 나를 감정적으로 옭아매는 족쇄가 되었다. 알게 모르게 내 일상을 간접하는 부모에게 감정적인 영향을 받아 내 마음이 안정적으로 있을 공간이 부족했다. 지나치게 밀착된 관계는 나를 끊임없이 방어하게 했다. 그 상황에서 벗어나기 위해서 단절이 아닌 새로운 기준이 필요했다. 내가 허용할 수 있는 말과 행동의 선을 정하고, 그 경계를 넘어오는 순간에는 물러서기로 했다.

그런 과정을 거치면서 관계에서도 내 위치를 점검하고 정리하는 기준이 생겼다. 전에는 상대의 말에 쉽게 흔들리고 잘못한 게 없어도 죄책감을 느꼈지만, 이제는 감정의 책임을 혼자 지지 않는다. 상대방의 말이 부당하다면 그건 그 사람의 문제이지, 내가 무조건 껴안아야 할 숙제가 아니라는 사실을 깨달았기 때문이다.

물론 지금도 여러가지 갈등을 마주한다. 여전히 말 한마디에 며칠을 괴로워하기도 하고, 조금 더 부드럽게 지내고 싶은 마음이 들기도 한다. 그러나 그 순간마다 나는 되묻는다. "지금 내가 그 안으로 들어가는 것이 나에게 안전한가?" 모든 관계에는 적정 거리가 있다. 특히 가족이라는 이름 아래 '무조건적인 가까움'이 강요되기 쉬운 관계일수록, 그 거리는 더욱 정밀하게 조율되어야 한다.

나는 부모님을 완전히 미워하지도 않고, 완전히 이해하지도 않는다. 모순적인 감정들 사이에서 중심을 잡기 위해 노력하는 것이 내 삶의 중요한 과업이 되었다. 이제 나는 휘둘리

는 사람이 아니다. 관계를 유지하면서도 나 자신을 잃지 않는 방식으로 살아가려 한다. 이 균형은 언제든 무너질 수 있고, 매 순간 다시 조율해야 하지만, 그 불완전함조차도 삶의 일부로 받아들이고 있다. 완벽한 해답이 없다는 사실을 인정하는 것. 그것이 이 관계와 나 자신을 지켜내는 첫걸음이었다.

◯ 이해와 거리두기 사이에서 균형을 찾는다   (*write*. 임러원)

감정이라는 이름의 실타래는 쉽게 풀리지 않는다. 부모라는 존재를 이해하려 애쓰는 마음과 쉽게 용서하지 않는 마음이 동시에 존재한다. 시월의 내면을 조용히 흐르는 이 미묘한 결은 인간으로서 자신의 감정에 진실하고자 하는 깊은 고집처럼 느껴진다.

어머니는 정서적으로 억눌린 채 자랐고 아버지는 폭력 속에서 성장했다는 사실을 알게 되었을 때, 시월은 흩어져 있던 퍼즐 조각들이 제자리를 찾아가는 듯한 경험을 했다. 그 순간 부모가 자신에게 남긴 상처들이 완전한 악의는 아니라는 걸 이해하게 되었다. 부모가 다루지 못했던 고통의 결과였다.

하지만 이해하는 것과 상처를 부정하지 않는 것은 별개의 일임을 명확히 구분 지어야 한다. 이해한다고 해서 받은 상처까지 정당화되는 것은 아니다. 이해는 할 수 있지만, 동시에 나 자신을 지키기 위한 태도는 분명하게 선택되어야 한다. 시월의 말 속에는 오랜 시간 자신을 눌러왔던 죄책감과 충성심에서 벗어나려는 조용한 결단이 담겨 있다.

부모를 이해하고자 하는 마음은 순전한 연민에서만 비롯된 것이 아니다. 자신을 보호하기 위한 무의식적 자기방어이기도 하다. 애착 이론에서는, 아이가 살아남기 위해 애착 대상을 절대적이고 선한 존재로 받아들일 수밖에 없다고 말한다. 부모가 부적절하거나 상처를 주는 존재일지라도, '우리 부모는 나쁜 사람이야.'라고 결론짓지 않는다. 세상의 전부이기 때문이다. 그들을 부정하는 순간, 자신이 기대고 있던 세계 전체가 무너지는 듯한 공포를 마주하게 된다.

그래서 아이는 오히려 "부모도 많이 힘들었겠지.", "그땐 어쩔 수 없었을 거야." 같은 해석으로 자신을 달래며, 감정을 누그러뜨리는 길을 택한다. 마음속 불안을 견디기 위해 채택한 가장 오래된 생존 방식이기도 하다. 즉, 상처를 준 존재를 이해하려는 노력 뒤에는 자신이 무너지지 않기 위한 본능적인 전략이 있는 것이다.

부모의 과거를 알게 되었을 때 느낀 복잡한 감정들—안도감, 억울함, 슬픔—은 바로 이 심리 구조 안에서 생겨나는 자연스러운 반응이다. 그러나 그럼에도 불구하고, 더 이상 그 감정에 매여 살지 않겠다는 결심이 필요하다. 부모의 삶을 이해하지만, 동시에 그 이해가 나의 고통을 사라지게 하지는 않는다. '이해'와 '거리두기' 사이에 정교한 균형이 필요하다. 그 단단한 균형감각이야말로, 회복의 가장 현실적인 징후이다.

시월은 복잡한 심리의 흐름을 조용히, 그러나 분명하게 경험하고 있다. 부모님의 배경을 짐작하고, 그들의 미숙함을 바라보며, "그들도 감정을 다루는 법을 배우지 못한 채 어른이 되었을 뿐"이라고 말하는 그 시선은 놀라울 만큼 너그럽고 깊다. 그리고 너그러움 뒤에 숨어 있는 감정들까지도 외면하지 않는다. 나는 그 정직함에서 시월의 치유가 시작되고 있다고 느낀다.

"머리로는 알겠어요. 그런데 마음이 따라주지 않아요."

맞는 말이다. 이성은 이유를 설명할 수 있지만, 감정은 그저 '느껴지는 것'이기 때문에 어느 한쪽이 설득된다고 해서 다른 쪽이 저절로 움직이지 않는다. 그래서 우리는 두 영역 사이에서 오래 머물며 왔다 갔다 할 수밖에 없다.

많은 사람이 부모와의 관계에서 '모든 것을 받아들이거나, 완전히 끊거나' 하는 극단적인 선택지를 두고 고민한다. 하지만 실은 그 중간 어딘가에 수많은 선택지가 존재한다. 시월은 그중 하나를 직접 찾아내고 자신에게 가장 무리가 가지 않는 선을 설정했다. 시월의 서사는 나와 당신 그리고 많은 이들이 지나왔거나 지금도 겪고 있는 긴 여정과 닮았다.

　사람은 누구나 불완전하다. 때로는 사랑하려는 마음보다 미숙한 방식이 앞서고, 그로 인해 자식에게 상처를 남기기도 한다. 그리고 그 상처는 쉽게 사라지는 것이 아니다. 이해와 회복은 서로 다른 결을 가진 여정이다. 그래서 우리는 '용서해야 한다.', '없었던 일로 해야 한다.'라는 강박적인 마음에서 벗어나도 괜찮다. 부모를 이해하려는 노력과 동시에 자신을 이해하려는 노력. 그 두 시선이 함께 만날 때, 우리는 비로소 관계 안에서 나를 지킬 수 있다.

분리와 이해 사이

나쁜 사람은 아니지만 해를 끼치는 부모

 내가 피해자인 건 내 탓이 아니니까　　　(*write*. 시월)

대다수 사람은 부모를 통해 사랑과 보호를 배운다. 그러나 모든 부모가 안전한 존재는 아니다. 어떤 부모는 말과 행동으로 자녀에게 위협이 되기도 한다. 폭력은 신체적인 것만이 아니다. 말, 표정, 분위기까지도 위협의 수단이 된다.

내 부모의 감정 기복은 나의 하루를 결정했다. 어느 순간 나는 '안정'이라는 개념을 집 바깥에서만 느낄 수 있다는 사실을 깨달았다. 집이 편하지 않았다.

나는 피해자였다. 그리고 그것은 나의 잘못이 아니었다. 그러나 이런 환경에서 벗어나지 않는다면, 결국은 책임이 내게 돌아올 것이다. 성인이 된 이후의 관계는 더 이상 부모의 통제 속에 있어서는 안 된다.

어느 순간 이런 생각이 들었다. '부모는 나쁜 사람은 아니지만, 나에게 해가 되는 사람이다.' 이 인식은 내 생각에 큰 전환점을 가져왔다. 나에게 해로운 행동을 반복해 온 사람이라는 점에서 부모를 멀리할 필요가 있었다.

그들이 나에게 끼친 영향으로부터 나를 분리해 내기 시작했다. 그 과정에서 배운 것은 감정의 유효성이었다. 내가 느낀 두려움, 불안, 분노는 실제였고, 충분히 인정받아야 할 감정들이었다. 그동안 나는 종종 나의 감정을 예민함이나 과민 반응으로 치부해 왔다. 그러나 그것은 부모의 폭력적인 행동을 정상화한 결과였다.

정상적인 환경에서는 무서워할 일이 아닌데, 나는 자주 긴장하고 방어적인 태도를 보였다. 이는 명백히 어린 시절의 경험에서 비롯된 결과였다. 나를 피해자라는 위치에 가두지 않고 회복해야 한다고 생각했다. 일상을 힘들게 하는 부분을 해결하기 위해서는 내 감정의 정당성을 인정하는 과정이 필요했다. 과거의 경험을 객관적으로 바라보고, 그것이 나에게 어떤 영향을 미쳤는지 사람들에게 끊임없이 설명했다.

부모의 기대나 기준에서 벗어났다고 해서 내가 무책임한 사람이 되는 것은 아니다. 이제 나는 좋은 자식이 되기보다는

건강한 내가 되는 것을 목표로 한다. 부모의 눈에 어떻게 보일지를 고민하기보다는 내가 나를 어떻게 바라보는지가 더 중요해졌다. 그들에게 설명하지 않아도 되는 내 삶의 기준이 있고, 내가 지켜야 할 감정의 영역이 있다. 부모는 여전히 내 삶의 한 부분이지만, 전부는 아니다. 이 사실이 나에게는 큰 위로이자 나를 보호하기 위한 첫 발걸음을 내딛게 하는 도움이 되었다.

그들과 맺는 관계는 더 이상 일방적인 순응이 아니라, 적절한 경계 안에서 이루어져야 한다. 그 경계는 단단하면서도 유연해야 한다. 이제 나는 과거의 환경에 대해 더 이상 부끄러워하지 않는다. 그것은 내가 선택한 것이 아니며, 내가 책임져야 할 부분도 아니다. 이제는 관계의 중심에 나를 둔다. 과거에는 '가족이니까', '자식 된 도리로서'라는 말이 내 행동의 기준이었지만, 지금은 나를 해치지 않는 관계가 우선이다. 그들과 가까워지는 것보다 더 중요한 건 내가 나 자신과 멀어지지 않는 것이다. 내 감정을 보호하기 위해서는 명확한 경계가 필요하다.

예전에는 무례한 말이나 지나친 요구 앞에서도 아무 말도 하지 못했다. 부당하다는 생각은 들었지만, '말하면 싸움이 되지 않을까?'라는 생각이 앞섰다. 그런데 침묵이 마음속에 쌓여 무력감과 분노로 돌아왔다. 지금은 그런 상황이 생길 때마다 일단 멈춘다. 그리고 생각해 본다. '지금 나는 나를 보호하고 있는가?', '이 반응은 과거의 습관인지, 현재의 나다운 선택인가?' 이렇게 질문하는 과정이 반복되면서 조금씩 감정의 주도권을 되찾고 있다.

관계는 단절과 복종 사이에만 존재하지 않는다. 수많은 형태의 연결이 가능하다. 그중 어떤 형태가 지금의 나에게 유익한지를 판단하는 힘이 점점 생기고 있다. 확실한 건, 더 이상 이전의 나로 돌아가지 않으리라는 것이다. 나의 삶을 살아가고 있다고 느끼기 위해, 계속해서 연습하고 있다. 그리고 그것이야말로 내가 꿈꾸는 '더 나은 관계'의 첫걸음이다.

◯ 그들은 여전히 삶의 일부이지만,
　　전부는 아니다 (*write.* 임려원)

조심스럽게 꺼내 보인 언어들 사이로, 말보다 깊은 무언가가 흘러나온다. 억울함이라고 하기에는 너무 복잡하고, 분노라고 하기에는 너무 오래 눌려 있던 감정의 조각들이다. 나는 그 흐름을 서둘러 해석하려 하지 않는다. 때로는 그저 함께 멈춰 서주는 것만으로도 충분할 수 있기 때문이다.

"말, 표정, 분위기까지도 위협의 수단이 되었다"라는 표현을 읽으며 가슴이 덜컥 내려앉았다. 말이 담고 있는 마음의 풍경이 너무 익숙했기 때문이다. 누구나 겪는 일은 아니지만, 한 번이라도 그런 집 안의 공기를 경험해 본 사람이라면 바로 알 수 있다. 말이 오가기 전부터 이미 벌어지는 전쟁 같은 기류. 침묵조차 긴장감을 품고 있는 분위기. 정서적 폭력은 꼭 욕설이나 손찌검으로만 이루어지지 않는다. 오히려 더 조용하다. 눈치를 보게 만드는 방식으로 아이의 마음을 조인다. 말끝의 냉기, 눈빛 속의 날카로움, 방 안을 떠도는 감정의 파장. 이 모든 것이 어린 시절엔 일상 속의 공포가 된다.

이런 환경은 '복합 트라우마' 혹은 '만성 스트레스 노출'로 이어진다. 보호받아야 할 공간에서 반복적으로 위협을 경험한 아이는 이런 상황이 사라져도 안전함을 느끼지 못한다. 늘 긴장을 유지하고 누구와 있든지 늘 괜찮은 분위기인지 살피며 행동하게 된다. 생존을 위한 자동 반응이다. 마음이 편안했던 기억이 없던 사람에게 세상은 언제나 위험한 곳이 된다. 누군가와 눈을 마주하며 이야기할 때도 어떤 반응이 돌아올지 몰라 늘 마음을 졸인다. 시월의 하루가 아직도 그런 긴장으로 채워져 있다는 건, 그 마음이 얼마나 오랜 시간 자신을 단단히 끌어안고 버텨왔는지를 보여준다.

아이에게 필요한 건 대단한 사랑이 아니다. 적어도 마음 놓고 숨 쉴 수 있는 순간이다. 하지만 그런 순간을 충분히 느끼지 못하고 어른이 되면 사람과의 관계에서 마음을 쏟기 전에 먼저 대비하게 된다. 시월의 조심스러움 속에는 말보다 먼저 반응했던 몸의 기억이 고스란히 새겨져 있다.

《몸은 기억한다(The Body Keeps the Score)》에서 바셀 반 데어 콜크가 말했듯, 트라우마는 단지 머릿속 기억으로 남는 것이 아니라, 신체 그 자체에 저장된다. 몸은 위험의 징후를 결코 잊지 않는다. 시월이 감정을 미루고, 자신을 작게 만들고, 갈등을 피하는 방식들은 모두 그 당시에는 최선의 생존 전략이었다. 하지만 이제는 그 생존의 전략이 삶을 제한하고, 진짜 감정으로부터 멀어지게 만든다. 그래서 이제는 그 기억을 하나씩 다시 들여다보며 물어야 한다.

'지금의 나에게도 필요한가?'

가장 안전해야 할 사람이 오히려 가장 무서운 존재였고, 그 옆에서 하루하루를 견디는 일이 마치 숨 쉬듯 익숙해져 버렸다. 겉으로 보면 너그러운 어른의 시선 같지만, 들여다보면 어쩌면 자신을 설득하기 위한 위로였을지도 모른다. 마음이 너무 아프니까, 그 고통을 곧장 마주할 자신이 없으니까.

'인지적 재구성'은 일어난 일을 다른 관점에서 바라보며 의미를 다시 붙여보려는 심리적인 움직임이다. 누군가의 행동을 '그럴 수밖에 없었겠지.'라고 해석하는 것, 혹은 '그 사람도 힘들었을 거야'라고 이해하려 애쓰는 방식 모두 여기에

해당한다. 처음에는 그 과정을 통해 마음이 덜 상처받을 수 있고, 관계의 평형을 유지하는 데 도움이 되기도 한다. 하지만 이런 방식이 반복되다 보면, 어느 순간 내 감정이 점점 뒷자리로 밀려나기 시작한다. '내가 느끼는 불편함은 별것 아닌 걸지도 몰라', '내가 너무 예민한가?' 하며 자신을 의심하게 되는 것이다. 그렇게 이해는 상대를 위한 문장이 되고, 나를 위한 문장은 점점 사라진다.

"이해가 나를 지우는 방식으로 작동했다."라고 말한 지점도 바로 여기에서 비롯된다. 이해는 분명 성숙한 태도이지만, 감정을 덮는 도구로 쓰일 때는 오히려 자기 부정으로 이어질 수 있다는 점을 그녀는 너무도 정확히 꿰뚫어 보고 있다.

진정한 이해는 상대를 무작정 용서하고 받아들이는 데서 시작되지 않는다. 그 고통이 사소하지 않았고, 지금도 여전히 나를 힘들게 하고 있다는 사실을 마주 보는 것이 중요하다. 그 감정을 온전히 느끼고, 스스로 "그래, 그땐 정말 힘들었어."라고 말해주는 것이 선행되어야 비로소 가능해진다.

이런 결심은 아프지만, 동시에 회복을 향해 나아가는 가장 분명한 증거이기도 하다. 나를 지운 채로는 결코 온전한 이해를 할 수 없다. 시월은 마침내 그 구조를 끊어낼 준비를 한다. '내 감정의 정당성을 인정하는 과정.' 이 말에서 시월의 단단한 각성을 본다. 감정은 누군가의 허락을 받아야만 존재하는 것이 아니다. 그 감정이 과거 어디에서 비롯되었든, 그것은 분명히 존재했고, 지금도 여전히 영향을 미치고 있다. 무엇보다도 온전히 존중받아야한다.

종종 내담자가 말없이 앉아 있을 때도 있다. 그 침묵에는 질문이 담겨 있다. '이렇게 말해도 괜찮을까요?', '그들이 나에게 해를 끼쳤다고 느껴도 괜찮은 건가요?' 거기에는 너무 많은 감정이 겹겹이 포개져 있다. 부모가 좋은 사람이기를 바라는 마음과, 동시에 나를 지키고 싶은 마음 사이에 멈춘 것이다. 그 마음은 논리로 정리되는 게 아니다. 감정을 억누르지 않고 들어주는 태도와 필요할 때 거리를 두는 결정이야말로 자기 자신을 회복하는 일이다.

누구나 부모를 사랑하고 싶어 한다. 하지만 모든 사랑이 안전하지는 않다. 그럼에도 우리가 관계를 포기하지 않는 이유는 그 안에서 결국 자신을 지켜내는 방법을 찾아가기 때문이다. 그것이 독립이고 치유다. 부모는 늘 삶의 무대 한가운데에 있었고, 어린아이였던 그녀는 그 주변을 맴돌며 눈치를 보거나 자기를 지우며 중심을 양보해 왔다. 그런 삶에서는 자신이 무엇을 원하는지도, 어떤 감정을 느끼는지도 점점 흐릿해졌다. 우리는 자신에게 먼저 물어야 한다. 그것이 우리가 삶의 주도권을 온전히 찾아가는 과정이다.

나를 비난하던 그 목소리는
누구의 것이었을까
내면화된 부모의 말

☘ 내 안에 있는 낡은 목소리　　　　　　　(*write*. 시월)

　사람은 누구나 자신을 평가한다. 어떤 행동에 대해 잘했다고 생각하기도 하고, 실수했을 때 후회하며 반성하기도 한다. 하지만 이런 자기 평가가 반복적인 자책이나 비난의 형태로 굳어질 때, 개인의 사고방식과 정서 상태는 점점 안 좋아질 수밖에 없다.

　나는 오랫동안 스스로 비판적인 말을 해왔다. 실수했을 때, 다른 사람보다 뒤처졌다고 느낄 때마다 내 머릿속에는 항상 "왜 이렇게 부족한가.", "이것밖에 안 되나."라는 말이 떠올랐다. 자학적인 수준에 이르기도 했다.

처음에는 그저 내가 스스로 엄격하게 대하는 것이라고 생각했다. 그런데 어느순간 그 어조와 표현이 나와 다소 동떨어져 있다는 느낌을 받았다. 나는 목소리가 작고, 단호하지 않다. 남들에게도 최대한 돌려서 부드럽게 말하려고 노력하는 편이다. 그래서 이런 말들이 낯설게 다가왔다. 이후 생각과 감정을 들여다보는 과정을 거치며, 나는 하나의 중요한 사실을 깨달았다. 그 말들은 처음부터 내 것이 아니었다. 과거에 내가 들어온 부모의 말, 정확히는 내면화된 목소리였다. 나는 그 말을 오랜 시간 내 생각이라고 착각했다.

칭찬도 그렇지만 비난이나 비교, 실망 섞인 말일수록 기억에 더욱 오래 남았다. 시간이 지나면서 부모의 말은 내면에서 하나의 믿음이 됐다. 나중에는 고정된 틀이 되어 자기 생각처럼 느껴진다. 부모가 다 알 수는 없겠지만 그 영향은 분명했다.

내가 오랫동안 스스로 비난한 이유는, 그 방식이 가장 익숙했기 때문이다. 실수했을 때 "괜찮아."라고 말하는 것보다 "이래서 넌 안 되는 거야."라고 말하는 쪽이 더 자연스럽게 느껴졌다. 이런 경향은 생활에서 특히 두드러졌다. 과제 발표를 하다가 실수를 해서 교수님께 피드백을 받은 적이 있다. 딱히 크게 뭐라고 하신 게 아닌데 나 혼자 자책하며 끊임없이 우울감에 빠졌다. 그것은 나라는 존재가 '실수투성이'이기 때

문이라는 이상한 믿음으로 이어졌다.

당시 나는 내 안의 목소리를 의심하지 못했다. 오히려 그것이 나에 대한 정직한 평가라고 믿었다. 위로하거나 격려하는 말은 나에게 어울리지 않는다고 생각했다. 그런데 시간이 지나면서, 이 방식이 나를 발전시키기보다는 오히려 위축시키고 있다는 걸 느끼게 되었다. 문제를 해결하기보다 회피하게 만들었고, 시도보다 포기를 선택하게 만들었다. 성실해지기보다는 항상 불안한 마음을 유지하게 했다. 그때부터 나는 이 비난의 말들이 과연 진짜 내 생각인지 되묻게 되었다.

어릴 때 엄마의 말에 상처받았던 일을 성인이 된 후 울면서 털어놓은 적이 있다. "엄마가 그때 나보고 호랑이 새끼라고 했잖아요." 그때 엄마는 "왜 이렇게 예전 일을 잊지 못하냐.", "왜 좋은 기억은 하나도 없고 나쁜 기억만 담아놓고 사냐."라고 말했다. 감성적이고 이기적이라는 평가를 받았다. 사과 한 마디 없이 또 다른 날카로운 답이 돌아왔다. 그런데 그 순간 처음으로 목소리를 분리해볼 수 있게 되었다. 특히 "너는 왜 그렇게 감성적이냐.", "왜 이렇게 이기적이냐"라는 식의 평가는 내가 나에게 하고 싶은 말이 아니라, 예전에 부모로부터 들은 것이었다. 그 때부터 나는 비난의 목소리를 곧이곧대로 믿지 않게 되었다.

과거의 말들이 자아에 어떻게 자리 잡았는지를 알아채기 전까지, 나 자신을 기준 없이 평가하고 있었다. '나는 왜 이렇게 예민하지?', '왜 이 정도도 참지 못하지?' 같은 생각은 나의 감정이 부당하다는 전제를 깔고 있었다. 그러나 지금은 그런 질문이 떠오를 때마다 되묻는다. "누가 처음에 이 말을 했지?" 그 질문 하나만으로도, 감정에 압도되던 순간의 숨통이 트인다. 더 이상 무조건 나를 의심하지 않게 되었고, 감정을 판단하기 전에 그것을 '살펴보는' 습관이 생겼다. 예전에는 불편한 감정이 들면 그것을 없애기 위해 급하게 행동하거나 참아야 한다고 생각했다.

나에게 내면화된 비난의 말은 내 주변 환경과도 연결되어 있었다. 사이가 좋지 않은 친구들도 나에게 이기적이라거나 예민하다고 말했다. 그 말들은 내 안의 목소리에 힘을 실어주었다. 나는 무방비하게 노출되어 있었고, 반박하거나 질문하는 법을 배우지 못했다. 그래서 스스로 의심하고 공격하는 것에 익숙해졌다.

상담을 통해 배운 것은 감정을 느끼는 것과 믿는 것의 차이를 구분하는 감각이었다. 반사적으로 떠오르는 자기비난을 멈추는 것 뿐만 아니라 그 비난을 다른 시선으로 지켜보는 게 더 중요하다는 것도 알게 됐다. 전에는 감정이 곧 나 자신이라고 느꼈다. 슬프면 내가 약한 사람 같고, 화가 나면 내가 틀린 것처럼 여겨졌다. 하지만 지금은 안다. 감정은 판단이 아니라 신호라는 것을 말이다. 내가 무시당하고 있거나, 상처받고 있거나, 불편함을 느끼고 있다는 사실을 알려주는 정직한 신호다. 그것을 듣고 적절하게 대응하는 것이 어른이지, 억누르고 모른 척하는 게 성숙한 것이 아니라는 걸 알았다.

이제 나를 무조건 의심하지 않는다. 감정이 격할 때는 일단 멈추고, 그 감정 안에 어떤 말이 섞여 있는지 들여다본다. 그 안에 있는 나를 꺼내기 위해 지금도 나는 조금씩 천천히 매듭을 풀고 있다.

○ 실체 없는 말에서 나를 건지다   (*write*. 임러원)

이 말들은 오래된 낙서처럼 마음 어딘가에 깊게 새겨져 있었다. 처음엔 분명 타인에게서 들었던 말이었다. 실망한 얼굴로 내뱉던 한숨 섞인 말투, 날카로운 비난의 어조, 아이를 가르친다며 건넸던 냉정한 지적들. 그 말들은 그녀의 사고방식과 자존감 깊은 곳까지 스며들었다.

마음속에서 반복되던 어조와 말투, 냉소의 분위기는 너무 오랫동안 함께했기에 '내면의 나'라고 착각되지만, 사실은 외부에서 가장 가까운 이로부터 들인 것이었다. 사랑이라는 이름 아래 감내해야 했던 상처였고, 오랜 시간 당연한 줄 알았던 교육의 방식이었으며, 어린아이가 감당하기엔 너무 무거웠던 타인의 실망과 분노의 그림자였다.

아이는 아직 자기 자신을 바라볼 기준이 없으므로 부모의 말과 태도를 거의 그대로 흡수한다. 이때 형성되는 심리적 구조를 '내사'라고 부른다. 이 개념은 프로이트가 처음 사용한 용어로, 아이가 부모의 가치관이나 금지 사항을 내면에 받아들여 초자아를 형성하는 과정에서 설명되었다. 그리고 이후 멜라니 클라인에 의해 정서적 대상의 흡수라는 관점으로 더 세분화되었다.

쉽게 말해 내사는 타인의 말과 감정, 태도를 경계 없이 자기 것으로 받아들이는 심리적 과정이다. 때로는 보호를 위한 적응 전략으로 기능하기도 하지만, 반복된 비난이나 부정적인 메시지가 이 과정을 통해 들어오면 그것은 자아의 뿌리를 흔드는 내면의 칼이 되기도 한다. 그것을 '정직한 자기 평가'라고 믿으며 살아가게 된다.

하지만 그 익숙한 말투에서 낯섦을 발견하고 오랫동안 자신을 비난해 왔던 목소리의 뿌리를 의심하기 시작하는 순간 내사의 고리를 스스로 끊을 수 있다. 내면에 뿌리내린 언어를 분리해 내는 일은 쉽지 않다. 하지만 그 목소리를 구별할 수 있게 되면 나를 꾸짖는 말에 더 이상 휘둘리지 않게 된다. 그 말에 반박할 수도 있게 된다. 이것은 스스로 회복해 가는 여정에 아주 중요한 디딤돌이 되어 준다. 말이 아닌 눈빛, 기준이 아닌 존재로 사랑받고 싶었던 그 시절의 자신에게 이제는 다른 목소리로 말할 수 있게 되기 때문이다.

자기 안에 머물며 굳은 기준이 되어버린 말들과의 이별은 어쩌면 자기 삶의 주도권을 되찾기 위한 본질적인 시작일지도 모른다. 시간 당연하게 바라보던 거울 앞에서 문득 멈춰 서는 것과 같다. 늘 자신을 비춰오던 그 표면이 어딘가 이상하다는 느낌이 들기 시작한다. 분명 진실을 보여주는 도구처럼 보였던 것이 사실은 누군가의 시선에 뒤섞여 비틀려 있었다. 이것은 자신을 둘러싼 세계관을 다시 짜는 일이기도 하다. 그동안 믿어왔던 나의 이미지를 허무는 일이며, 동시에 아직 익숙하지 않은 '새로운 나'를 초대하는 일이다. 이런 해체의 과정은 생각보다 훨씬 고되고, 또 낯설다.

오래된 벽지를 한 겹 한 겹 떼어내는 일이라고 할 수도 있다. 겉보기에는 낡았고 닳아 있는 것 같지만, 막상 손을 대면 찢기지 않고 과거의 기억에 끈끈하게 붙어 있다. 뜯다 보면 감정의 먼지가 날리고, 어떤 부분은 찢기기보다는 스스로 찢어져 나가며 흠집을 내기도 한다. 두려운 것은, 그 벽지 아래 무엇이 숨어 있을지 모른다는 불안이다. 그 아래에는 더 큰 상처가 있을지도 모른다. 더 부끄러운 나, 더 무력했던 기억, 혹은 감히 인정하지 못했던 어떤 슬픔이 숨어 있을지도 모른다.

사람은 누구나 자신을 설명하는 방식에 익숙해진다. 심지어 그것이 자신을 깎아내리는 말이라 해도, 그것이 오랜 시간이 지나며 '안전한 틀'이 되어버리면 쉽게 벗어날 수 없다.

"이건 내 목소리가 아니야."라고 말하기까지, 시월은 수많은 감정과 기억을 떠올렸을 것이다. 그리고 마침내, 조심스럽게, 거울의 방향을 바꾸고 벽지를 뜯었다. 새로운 벽을 세우기까지는 더 많은 감정의 파편을 마주해야 할지도 모른다. 하지만 더 이상 자신을 탓하며 울지 않겠다는 다짐. 그것이야말로 자기 회복의 출발점이다. 누군가에게는 평생을 바꿀 수도 있는 시작이 된다. 깨달음이라고 부르기에는 부족하고 차라리 삶을 새로 적어 내려가기 시작한 첫 문장에 가깝다. 그 장면을 상상해 본다. 아무도 없는 방 안, 작은 책상 앞에 앉아 혼잣말처럼 되뇌는 그 문장이 마음 깊은 곳 어딘가에서 울리는 모습을 말이다.

"내가 나에게 이런 말을 왜 하지?"라는 질문은 때로는 해묵은 상처보다 더 강한 힘을 가진다. 스스로 꾸짖는 말에 익숙한 사람은 위로가 불편하다. 위로는 낯설고, 격려는 과장된 것처럼 느껴지며, 다정한 말투는 오히려 허위처럼 들린다. 왜냐하면 그 사람은 자신을 다정하게 대하는 법을 배운 적이 없기 때문이다. 따뜻한 말은 언제나 누군가에게만 허락되는 것 같았고, 자신은 언제나 엄격해야만 하는 대상이었다.

오랜 시간 부정적인 말에 노출되며 살아온 사람들은, '학습된 무기력' 상태에도 쉽게 빠진다. 아무리 노력해도 달라지지 않는 환경 속에서, 결국 변화나 따뜻함은 내 것이 아니라고 체념하게 된 것이다. 누군가의 위로나 격려가 불편하게 느껴지는 이유도 여기에 있다. 애초에 그런 말을 들어도 되는 존재가 아니라고 믿게 되었기 때문이다. 누군가에게는 당연한 말 한마디가, 누군가에게는 오랜 무기력의 틈을 비집고 나오는 선언처럼 느껴진다.

자책이 아닌 질문, 비난이 아닌 구분, 그 사이에서 진짜 자기 자신이 아주 작게, 그러나 분명하게 얼굴을 내밀기 시작했다. 낡은 말이 더 이상 주인이 되지 않도록, 시월의 마음속에는 새로운 언어와 태도, 그리고 관계의 방식이 조금씩 자리를 잡고 있다. 처음에는 어색하고 낯설겠지만 서서히 몸에 익어갈 것이다. 그리고 점점 더 또렷해질 것이다. 그녀는 그 회복의 문 앞에 서 있다. 흔들리는 듯 보이지만 결코 물러서지 않는다.

이제는 안다.
침묵은 더 많은 오해를 낳고,
스스로 고립되는 결과로 이어진다는 것을.

이제는 안다.
침묵은 더 많은 오해를 낳고,
스스로 고립되는 결과로 이어진다는 것을.

4장

나를 바라보는 시간

처음으로 말하는 나
말하지 않으면 알 수 없는 것들

두려워도 꺼내야 하는 말　　　　　　　　　　　　(*write*. 시월)

　오랜 시간 감정을 표현하지 않고 살아왔다. 감정 표현은 갈등을 불러일으킬 수 있다는 인식이 있었고, 갈등은 피해야 할 문제라고 여겨졌다. 누군가 내 상태를 물어보면 괜찮다거나 그럭저럭 지낸다는 식의 반응이 자동적으로 나왔다. 괜찮다는 말에는 많은 것이 함축되어 있었다. 안부 물음에도 내 자신을 생각하지 않고 바로 답이 나오는 것이다.

　우리 집에는 월요일과 금요일 다섯 시에 동생과 내가 집 청소를 해야 하는 규칙이 있었다. 쉬고 싶을 때도 있었지만 의견이 받아들여진 적이 그다지 없어서 웬만하면 내색하지 않았다. 그러던 어느날, 학교에서 스트레스를 잔뜩 받고 집으로 돌아온 적이 있다. 유난히 힘이 들어서 어머니께 청소를 쉬고 싶다고 말했다. 어머니는 그럴 거면 학교에 다니지 말라며 교복을 찢어버리겠다고 했다. 가위를 가져오라며 소리를 치던 그 모습이 아직도 생생하다. 울면서 잘못했다고 말했다. 뭐가 어디서부터 잘못됐는지 알 수 없었다. 이 일은 내게 큰 상처로 남았다. 감정을 꺼내면 오히려 피곤해질 수 있다고 생각하게 됐다.

상담을 받기 시작한 계기는 명확하지 않다. 내 상태를 스스로 설명할 수 없다는 생각이 강하게 들었다. 처음에는 무슨 말을 해야할지 잘 떠오르지 않았다. 표면적인 일상 이야기, 과거 이야기, 에너지가 없고 피곤하다는 말 정도만 할 수 있었다. 그러다 처음으로 과거 이야기를 꺼냈을 때 선생님이 이렇게 물어보셨다. "그때 어떤 기분이 드셨어요?" 이 단순한 질문조차 처음에는 어렵게 느껴져서 제대로 대답하지 못했다. 감정을 언어로 표현한다는 것은 감정을 느끼는 것과는 별개의 노력이 필요했다.

가장 먼저 배운 것은 감정에 이름을 붙이는 일이었다. 특정 상황에서 왜 불편했는지, 어떤 감정이 먼저 들었는지를 구체화해 보는 것이었다. 일상에서 부모의 말에 불쾌감을 느꼈을 때, 예전에는 그냥 짜증났다고 말하고 넘겼다면, 상담을

받으면서 '존중받지 못했다는 기분이었다.'라는 식으로 조금 더 명확하게 표현할 수 있게 되었다. 감정에 구체적인 언어를 붙이면, 그것을 피하거나 억누르는 대신 받아들이고 조절하는 것이 가능해졌다. 상담 선생님은 내 말을 끝까지 듣고 그 안의 감정을 짚어주며 다시 질문을 던졌다. 감정을 드러내도 안전하다는 생각이 들었다.

나중에는 상담실에서 연습한 것을 밖에서도 써볼 수 있게 되었다. 친한 친구와 대화하면서 예전이라면 그냥 혼자서 넘겼을 말을 조금 더 구체적으로 표현하려고 해봤다. 처음에는 어색하고 조심스러웠다. 하지만 점점 더 대화가 깊어졌다는 느낌을 받을 수 있었다. 감정을 말하는 일이 상대에게 부담이 되지 않음을 느끼는 경험이 자신감을 만들어 주었다.

표현하는 법을 배웠다고 해서 언제나 자연스럽게 감정을 꺼낼 수 있는 것은 아니다. 여전히 꺼내기 어려운 감정도 있고, 말한 뒤 후회가 남을 때도 있다. 그러나 감정을 억누르고 쌓아두는 것이 오히려 더 큰 부담으로 돌아온다는 사실을 알게 된 이상, 완벽하지 않더라도 말하려고 노력한다. 말로 정리하는 과정에서 내 감정의 원인을 다시 돌아보고 그 안에서 내가 어떤 방식으로 세상을 받아들이는지를 확인할 수 있었다. 어떤 특정 상황에서 반복적으로 느끼는 감정이 있다는 것을 발견했다. 감정의 근원은 과거의 경험과 연결되어 있었고,

그 사실을 인식하자 반응의 패턴을 이해하고 조금씩 수정할 수 있게 되었다.

처음에는 말을 하다 말고 멈추는 경우가 더 많았다. 적절한 단어를 찾지 못해 우물거리고, 괜히 민망하거나 상대의 반응이 두려워 말을 삼킨 적도 많았다. 말을 꺼낸 뒤 후회하거나, 감정을 제대로 전달하지 못해 오해가 생기는 일도 있다. 감정을 말로 꺼낸다는 것은 나의 약함과 혼란스러움을 드러내는 일이기도 했다. 정말 두려운 일이었다.

하지만 이제 예전처럼 스스로 몰아붙이지는 않는다. 감정을 말로 다룬다는 것은 기술이 아니라 연습이 필요한 일이라는 걸 알게 되었기 때문이다. 침묵이 더 많은 오해를 낳고, 스스로 고립시키는 결과로 이어진다는 것을 이제는 안다. 감정을 말로 풀어내기 시작하면서 타인과의 관계뿐만 아니라 나와의 관계도 변하고 있다. 말하지 않으면 나조차 내 감정의 정체를 정확히 알 수 없었다. 화가 난 줄 알았는데 사실은 외로웠고, 서운한 줄 알았는데 두려움이 먼저였던 적도 있었다.

상담을 받으면서 감정은 약한 사람의 것이라는 생각이 그동안 얼마나 나를 억눌러 왔는지를 확인했다. 이런 연습 과정에서 한 번이라도 실수하면 스스로 '나는 감정을 표현할 줄 모르는 사람'이라고 단정 짓고 주눅 들기도 했다. 하지만 정말 중요한 것은 언제나 '잘 표현했는가?'보다 '표현하려고 했는가?'였다. 작은 시도들이 모여, 지금의 나를 만들어 가고 있다. 그 사실이 나에게는 충분한 위로이자 동기다.

◯ "괜찮다" 말고 다른 말 (*write*. 임려원)

처음 상담실에 들어서던 시월의 얼굴이 또렷이 기억난다. 조심스러운 눈빛, 적당한 거리감, 무심한 말투. 모든 것이 나에게 말을 걸었다. '지금 이 자리에 와 있는 것만으로도 많은 용기를 냈구나.' 한껏 토닥여 주고 싶었다.

처음에는 일상적인 이야기를 꺼냈다. 일에 대한 피로, 가족에 대한 간단한 이야기, 마음이 잘 설명되지 않는다는 막연한 불편감 등이었다. 나는 기다렸다. 그 단정한 말들 뒤에 숨어 있는 감정이 어느 순간 자신도 모르게 흘러나올 수 있을까? 언제쯤일까? 서두르지 않기로 했다.

시월은 "그때 어떤 기분이 들었나요?"라는 질문에 멈칫했다. 침묵에도 용기가 필요하다. 감정을 말한다는 건 감정을 느끼는 것보다 훨씬 더 어려운 일이기 때문이다. 특히 감정을 드러내는 것이 곧 갈등이나 거절로 이어질 수 있다고 믿어온 사람에게는 더욱 그렇다. '괜찮다'라는 말이 그저 평온을 뜻하지 않을 수 있다는 걸 누구보다 잘 알고 있었을 것이다.

상담자로 일하면서, 누군가 처음으로 감정의 언어를 꺼내는 장면을 지켜볼 수 있다는 것이 참으로 뭉클하다. 그건 한 사람의 내면이 처음으로 스스로에게 귀 기울이는 순간이고, 이제껏 닫혀 있던 감정의 문이 살짝 열리는 찰나이기 때문이다. 시월에게도 그 순간이 찾아왔다. 감정에 이름을 붙이고, 그것을 좀 더 설명하고, 때로는 울컥하며 스스로 바라보는 시간이 쌓였다.

감정을 표현하는 것은 내담자가 자기 마음에 책임을 지는 것이다. 시월이 불쾌하다는 말 대신 존중받지 못했다는 표현을 사용했을 때, 나는 그 말의 결이 얼마나 달라졌는지를 느꼈다. 감정이 구체화 되는 순간, 감정은 더 이상 감정에 그치지 않고 삶을 바라보는 관점이 된다. 그녀는 관점을 조금씩 다듬으며 자신을 돌보기 시작했다.

상담실 바깥에서의 시도는 감동적이기까지 했다. 시월이 친한 친구와의 대화에서 조심스럽게 마음을 꺼내어 보고, 그 후에 더 가까워진 느낌을 받은 것이다. 따뜻한 발견 하나가 수많은 방어를 해제할 수 있다는 걸 몸으로 체득하고 있었다. 처음 감정을 꺼내기 시작했을 때 그녀의 말은 짧지만 오래 기다려 온 숨 같았다. 그 숨이 이어지자 멈춰 있던 이야기가 서서히 걸음을 옮기기 시작했다. 누구에게도 말하지 못했던 마음을 누군가가 끝까지 들어주는 경험. 그것이 내면 어딘가에

'지금 이 감정을 꺼내도 괜찮다'라는 작은 믿음을 심어주었던 것 같다. 감정이 조심스럽게 숨을 쉬기 시작한 시간이다.

실제로 심리학자들은 치료에서 가장 핵심적인 요소로 '내 담자의 감정 상태에 대한 깊은 이해'와 '지지적 관계에서 비롯되는 정서적 안정감'을 꼽는다. 자신의 감정 표현을 받아주는 사람이 있다고 느끼는 경험은 억눌려 있던 것들을 서서히 움직이게 하고, 나아가 자기 감정에 대해 다시 신뢰를 갖게 하는 첫 관문이 된다. 시월의 첫 고백이 의미 있었던 것은 그것이 말이 되었기 때문이 아니라, 그 말이 안전하게 존재해도 된다는 경험으로 이어졌기 때문이다.

시월은 어느 때보다도 자기 자신에게 진실했을 것이다. '나는 왜 그런 반응을 했을까?', '그때 정말 무엇이 힘들었을까?' 이런 질문들은 나를 중심에 두고 세계를 바라보게 한다. 어쩌면 상담은 감정을 표현하는 연습일 뿐이다. 연습장은 그 어떤 곳보다 안전해야 한다. 감정을 드러낸다는 것은 내면의 벽 하나를 조심스럽게 허무는 일이고, 그 속에 오래도록 닫혀 있던 자신을 바깥의 빛 아래로 데려오는 일이기도 하다. 모든 과정을 껴안으며 살아가려는 마음이 참 좋다. 그 마음이 언젠 가는 다른 누군가의 마음에도 길을 낼 수 있을 것이다.

괜찮치 않은 나
자신을 지키며 말하는 방법

 마음을 억눌러서 지켜낸 평화 (*write*. 시월)

눈물이 하염없이 쏟아지는 날에도, 누군가 나를 걱정해서 상태를 물어볼 때도 괜찮다고 답했다. 삼키고 누르다 보니 내가 정말 괜찮은 줄로만 알았다. 나보다 힘든 일을 겪은 사람도 많을 거라는 생각에 감정을 느끼는 것이 과분하게 느껴졌다. 하지만 그 뒤에는 마음이 공허했다.

작은 일에도 눈물이 나고, 다른 사람들의 사소한 말에도 상처를 입었다. 해소하지 못하니 답답하기만 했다. 나에게 문제가 있다는 건 알겠는데 그게 뭔지는 잘 몰랐다. 상담실에 가서도 막막했다. 나의 감정을 어떻게 전달해야할지 몰라서

최대한 담담하게 말했다. 과거에 학대 받은 이야기도 마치 남의 일을 이야기하듯 꺼내곤 했다. 그런 것들을 전달하는 데 나의 감정은 필요가 없는 줄 알았다.

어느 정도 감정을 받아들이는 연습을 하고 난 후에 어릴 때 이야기를 꺼내는데 갑자기 눈물이 났다. 상담 선생님은 마음이 괜찮지 않아도 되니 털어놓으라고 하셨고 나는 끝까지 이야기했다. 뭔가 많이 쌓여 있었음을 깨달았다. 나의 말을 듣고 공감해 주는 상대가 있다는 걸 느끼자, 안도가 됐다. 내 감정은 허튼 것이 아니었다.

사람들은 상담에 가면 자기 이야기를 하면서 울게 된다는데 처음에 나는 그렇지도 않았다. 그 일들을 제대로 들여다보지 않았다. 선생님이 기분이 어땠냐고 물으면 잘 모르겠는데 화가 난다는 답만 할 수 있었다. 선생님은 자신의 감정을 명확히 하는 것이 중요하다며 그러기 위해 자신의 감정을 구체적인 말로 뱉는 연습을 하라고 하셨다. 나는 고쳐서 길게 말해보았다. 나를 가장 믿어주어야 할 부모님이 내게 함부로 대해서 속상했다고, 그래서 화가 났다고 말할 수 있게 되었다.

이후로는 사람들과의 관계도 조금씩 달라졌다. 더 솔직해졌고, 갈등이 있어도 회피하지 않고 표현할 수 있었다. 특히 부모님과의 대화에서 그것을 느꼈다. 예전 같으면 말하지 못

하고 혼자 답답해하며 넘겼을 것을 말로 풀어냈다. "그렇게 소리를 지르면서 거칠게 말씀하시면 상처받아서 대화하고 싶지가 않아요."라고 말이다. 말을 하고나니 부모님도 조금 누그러진 채 말하셨고, 갈등을 풀어낼 수 있었다.

감정을 표현했을 때 상대가 내 감정을 이해할 때도 있었고 그렇지 않을 때도 있었다. 그러나 최소한 나 자신을 속이지는 않게 된 것이다. 억지로 상대에게 맞춰주거나 웃지 않아도 되었고, 괜찮지 않을 때는 "지금은 좀 힘들어요."라고 말할 수 있게 되었다. 내 입장과 감정을 분명히 밝혔다. 달라진 방식이 오히려 관계를 망치기보다는 새로운 균형을 만들었다.

어떤 날은 감정을 표현한 뒤에도 찜찜함이 남았다. 후회가 밀려오기도 했고, '이 말을 괜히 꺼낸 건 아닐까' 하는 불안도 여전했다. 그러나 그 감정조차도 외면하지 않기로 했다. 나에게 지금 어떤 감정이 있는지 솔직히 들여다보는 것이, 그 순간을 지나가는 유일한 방법이었다. '이렇게 말해도 되는 걸까?'라는 자기검열은 여전히 남아 있었지만, 두려움이 있다고 해도 멈추지 않는 것이 목표였다. 특히 가까운 관계에서의 감정 표현은 더 어려웠다. 오래된 패턴일수록, 말 한마디가 파문처럼 퍼졌다. 사소한 말에도 상대가 상처받을까 봐 망설였고, 나도 덩달아 무거워졌다.

하지만 한 가지는 분명해졌다. 감정을 말하는 것이 곧 관계를 포기하는 게 아니라는 사실이었다. 오히려 말하지 않을 때 훨씬 더 멀어졌다. 내면의 진심을 계속 억누르다 보면 결국 아무것도 느끼지 않는 척하게 되고, 그렇게 연결은 끊어진다. 나는 그 단절을 원하지 않았다. 그래서 지금은 어딘가 이상하고 정리되지 않아도, 내 안의 감정을 표현하려고 노력한다.

상대방이 완벽히 받아들이지 않더라도, 내가 나를 이해하고 있다는 감각이 생기니 그것만으로도 견딜 수 있는 일이 많아졌다. 누군가에게 내 감정을 말할 수 있다는 것과 말할 자격이 있다는 감각은 생각보다 큰 변화였다. 그것은 계속 살아도 된다는 허락처럼 느껴지기까지 했다. 예전보다는 무너지는 것이 두렵지 않아졌다. 오히려 무너지는 경험 덕분에 다시 일어설 힘이 생긴다는 것도 알게 되었다.

○ 감정의 안전지대 (*write.* 임려원)

'괜찮지 않아도 괜찮아.' 짧은 문장이 한 사람의 내면에 얼마나 깊은 울림이 되어 닿을 수 있는지 다시금 배우게 되었다. 너무 오래 괜찮다는 말을 입에 달고 살아왔던 사람, 힘들어도 "아니야, 별일 아니야."라고 말하며 자신을 억누르기 바빴던 사람. 시월의 글을 읽으며 나는 그 말속에 숨어 있던 감정의 무게를 상담자로서 조심스럽게 함께 짊어지려고 한다.

어린아이가 정서적으로 충분한 보호를 받지 못한 채 성장하면, 감정을 숨겨야 할 대상으로 배운다. 울음은 '약함'으로, 화남은 '버릇없음'으로 받아들여졌던 경험들은, 언젠가부터 마음의 언어를 입 밖으로 꺼내는 일 자체를 위험한 일로 느끼게 만든다. 그리고 그 위협은 나 자신을 향하고 지독한 자기 검열이 자리를 잡는다. 결국 감정을 표현하는 대신 괜찮다는 말을 반복하게 된다. 그 말은 사실 자기 자신을 진정시키려는 고요한 방어였다. 내 마음의 흔들림을 들키지 않기 위해, 스스로 마음의 입을 닫아버리는 것이다.

시월은 타인의 아픔에는 한 걸음 더 가까이 다가가면서도 정작 자신의 고통은 조용히 뒤로 미뤘다. 더 힘든 사람들을 떠올리며 자신의 아픔을 자격 없는 고통처럼 여겼고, 눈물이 나도 그 눈물에 이유를 붙이지 못했다. 판단은 시월을 더욱 고립시켰다. 그 마음 깊은 곳에는 늘 조용한 외로움이 깃들어 있었지만, 그것조차 잘 느껴지지 않았다. 하지만 상담이 진행될수록 일상의 흐름이 조용히 바뀌기 시작했다. 특히 기억에 남는 것은 부모님에게 소리를 지르면 대화하기 힘들다고 단호하게 말한 장면이다. 그 장면 속에 향한 갈망과 관계 안에서의 자기 보존이라는 두 축이 함께 버티고 서 있었다.

부모나 보호자로부터 따뜻한 관심이나 위로, 감정을 알아봐 주는 말 한마디 없이 자라게 되면, 주변 어른들의 표정과 기분을 먼저 살피게 된다. 속이 상해도 "왜 울어?"라는 말만 듣거나, 속상하다고 말해도 "그 정도는 아무 일도 아니야." 같은 반응이 반복되다 보면, 점점 감정을 숨기게 된다. '지금 내가 울면 엄마가 더 힘들어질 거야.', '말하면 혼날지도 몰라.' 같은 생각이 쌓이면서, 자신의 감정보다는 타인의 눈치를 먼저 보게 되는 것이다.

결국 사람의 감정에는 민감하게 반응하면서도, 정작 자기 감정에는 둔한 어른이 된다. 시월도 그런 환경에서 자신을 지키기 위해 괜찮은 척하는 법을 자연스럽게 배워왔을 것이다. 그러나 이제 그 오래된 감정의 습관을 조심스럽게 멈추고, 말의 방향을 자기 쪽으로 돌리기 시작했다. "지금은 좀 힘들어요." 이 짧은 한마디가 나오기까지, 얼마나 많은 시간과 연습이 필요했을지 생각하면 그 변화는 결코 작지 않다.

말하지 않으면 그 감정은 안에서 썩어가고, 결국 더 깊은 외로움과 분리감을 낳는다. 시월이 경험한 것처럼, 상담은 감정의 안전지대가 되어주어야 한다. 상담자는 그 안에서 가장 먼저 "당신의 감정은 틀리지 않았어요."라고 말해주는 사람이어야 한다. 그리고 지금, 시월은 그 감정을 하나씩 꺼내어 말하고 있다.

　시월은 완벽함을 목표로 달리기 보다는 자기 상태에 따라 멈추고 다시 시작할 수 있는 사람이 되었다. 그 변화만으로도 이미 방향이 달라졌다. 괜찮지 않은 날엔 꾹 눌러 담기만 하지 말고 조용히 자기 마음에 이렇게 속삭여주기를 바란다. "그래, 지금은 이렇게 느껴져도 괜찮아." 그런 말들이 쌓여서 결국은 스스로 자기 삶의 가장 따뜻한 편이 되어줄 것이다.

깊은 곳에 있는 나
우울과 함께 사는 법을 배우다

❀ 우울로 나를 모두 설명할 수는 없다　　　　　(*write*. 시월)

　집 분위기가 좋지 않은 날이나 기분이 나쁜 날은 아무것도 하지 못했다. 거실로 나가 밥을 먹을 생각은 할 수도 없었다. 그런 일이 지속되다 보니 아무런 문제가 없는 날도 이유 모르게 우울했다. 물 가장 깊은 곳에 가라앉아 있는 느낌으로 살았다. 내가 어떤 상태인지 알 수도 없었다.

　상담실에 다니면서 우울이 단순한 기분 저하가 아니라 인지적이고 신체적인 반응을 동반하는 상태라는 것을 알게 됐다. 감정을 돌아보고 일상에서 반복되는 생각이나 행동을 관찰하며 나를 분석하는 습관을 들였다. 어떤 상황에서 감정이 더 악화되는지, 특정한 사고방식이 반복되는지 등을 알아보는 과정이었다. 그런 과정은 즉각적인 변화를 주진 않았지만, 감정을 다루는 태도를 바꾸었다.

나는 일상의 루틴을 재정비했다. 평소 엄두도 못 냈던 청년 교육 프로그램에도 신청했다. 수면 시간과 식사 시간을 일정하게 맞추고, 신체 활동을 늘렸다. 일정한 생활패턴을 유지하는 것만으로도 기분의 변화가 줄어들었고, 불안정하던 리듬이 안정되었다. 에너지가 부족한 날을 인식하고 휴식을 계획적으로 취하려고 한다. 효율과 생산 중심의 삶에서 벗어나 지속 가능한 삶의 방식을 찾는 것이 내 목표가 되었다.

타인과의 관계에서 과도한 기대를 줄이고, 내 감정을 솔직하게 전달하는 연습을 시작했다. 나를 갉아먹는 관계도 줄이려고 노력했다. 부모님이나 친구에게 나의 감정을 표현하면 갈등이 벌어지는 일이 많았다. 그들의 공통점이 있었다. 나와 맞지 않는다는 것이었다. 억지로 톱니바퀴를 맞물리려고 노력하니 엇나가기만 했다.

항상 이렇게 타인과의 관계에서 기대하고 혼자 실망하며 감정 소비를 하는 일이 잦았는데, 이제는 적당한 타협과 포기를 하기로 했다. 불편한 감정을 표현하는 것도 중요한 소통이라는 것을 알게 되었다. 상대방이 이해하지 못해도 내가 내 감정을 존중하는 것이 중요했다. 거리를 두는 관계도 필요하

다는 것을 받아들이게 되었다. 가까운 사람이 아니어도 내 경계를 지킬 수 있는 관계라면 충분하다고 생각한다.

언제나 지금보다 더 유능한 내가 되어야만 존재할 수 있다고 믿었다. 그래서 늘 스스로 채근하며 살아왔고, 잠깐의 여유도 허락하지 못했다. 하지만 요즘 나는 그저 나로 살아보려 애쓰고 있다. 누군가가 보기엔 평범한 하루의 반복일 수 있지만 그 안에서 나는 이전에 지나쳤던 감정을 다시 느끼고 있다.

아침에 눈을 떴을 때 느껴지는 무기력함, 약속을 잡고 나서 갑자기 밀려오는 불편한 감정, 누군가의 한마디에 불쑥 올라오는 과민한 반응을 '별거 아니야'라고 넘기지 않는다. "지금 무슨 감정을 느끼고 있지?", "왜 이렇게 불편할까?" 그렇게 자문하며 하루를 살아내는 일이 쌓여, 이전과는 전혀 다른 방식으로 내 삶을 정돈해 가고 있다.

우울은 여전히 완전히 사라지지 않는다. 하지만 이제는 과거처럼 감정을 억누르기보다 그 원인을 찾고 대응 전략을 세우는 데 집중했다. 음악 듣기, 주변 정리와 같은 사소한 행동들이 내 감정 조절 도구가 되었다. 글을 쓰고 그림을 그리거나 좋아하는 책을 읽는 일에 몰입하는 등 목적 없는 활동을 하는 것도 도움이 되었다. 감정이 일시적이라는 걸 알고 그 감정이 지나가면 다시 안정될 수 있다는 믿음도 생겼다.

사회적 시선에 대한 민감함도 줄어들었다. 사회적으로 정신 건강에 대한 인식이 점점 나아지고 있다는 것도 나에게 긍정적인 영향을 주었다. 사람들과 감정에 대해 말할 수 있게 되면서 감정의 부담이나 고립감도 줄어들었다.

삶은 여전히 예측할 수 없고 때로는 버겁다. 그러나 나는 감정적으로 어려운 시기를 지나며 얻은 경험이 무의미하지 않다는 것을 알고 있다. 지금의 삶은 이전과 다르다. 감정을 통제하려 애쓰기보다, 그것을 관리하고 조절하는 법을 알게 되었기 때문이다. 감정에 끌려다니지 않고 감정과 함께 살아가는 방향을 택했다. 오늘 하루가 힘들어도, 다음 날을 준비할 수 있다. 회복은 완치가 아니라 다시 일상으로 돌아올 힘을 기르는 과정임을 깨달았다.

그 힘은 특별한 날이 아니라 아주 사소한 반복에서 생겨난다. 잠시 멈춰 숨을 고르는 일, 스스로 괜찮다고 말해주는 일, 그리고 다시 시작하는 일. 나는 오늘도 일상을 유지하며 살아가고 있다. 병원에 다니고, 약도 먹고, 상담도 받는다. 우울이 사라지지 않아도, 우울과 함께 살아가는 방법을 배웠다. 우울은 더 이상 내 삶의 중심이 아니다.

회복은 매일 아침 눈을 뜨고 다시 하루를 시작해 보려는 조용한 결심이다. 밤이 되면 '오늘도 무사히 지나왔다'라고 자기 자신을 다독이는 속삭임이다.

처음 상담실에 찾아왔을 때 시월은 감정과 삶 전체가 하나로 엉켜 있었다. 우울의 무게가 얼마나 깊고 오래도록 그녀를 짓눌렀을지, 힘들었다는 말로는 다 설명되지 않았다. 하지만 그 무거운 내면을 가지고 시월은 질문을 시작했다. 분명한 속도로 자신을 다시 바라보기를 원했다. 처음에는 그 감정들이 너무 크고, 복잡하고, 혼란스러워서, 도무지 그것들이 어디서 시작되고 어디로 흘러가는지도 알 수 없다고 말했다. 그래서 아예 감정이 사라졌으면 좋겠다는 마음을 품었다고 했다. 그러나 상담은 감정을 없애는 방향이 아니라 감정과 함께 머무는 쪽으로 안내했다.

변화는 감정에 이름을 붙이는 것에서 시작한다. '슬프다', '서운하다', '불안하다', '미안하다'와 같은 단어들은 단순한 표현이 아니라, 자신의 내면과 연결되는 고리였다. 심리학에서는 이것을 '감정 명명'이라고 부른다. 이름을 붙이면, 복잡한 감정 덩어리가 해체되기 시작한다. 그것이 분노인지, 슬픔인지, 수치심인지, 아니면 외로움인지 구분되지 않은 채 뒤섞여 있던 감정의 실체가 하나씩 드러나기 시작한다. "나는 지금 외롭다"라고 말할 수 있으면, 그 감정은 나를 삼켜버리는 막막한 덩어리가 아니라 내가 바라볼 수 있는 하나의 얼굴이 된다.

신경과학 연구에서도 감정에 이름을 붙이는 것이 뇌의 정서적 반응을 조절하는 능력을 키워준다고 말한다. 감정을 위협으로 받아들이는 뇌의 편도체 활동이 줄어들고 사고와 판단을 담당하는 전전두엽의 기능이 활성화되는 것이다. 감정을 이름 붙이는 순간, 우리는 그것에 휘둘리지 않고 오히려 그 감정을 다룰 수 있는 주체가 된다. 말로 표현할 수 없을 만큼 복잡했던 감정들에 하나하나 이름을 붙이면서 시월은 감정의 해일에서 벗어나 자신과 감정 사이에 조용한 공간을 만들었다. 감정을 피하거나 억누르기 위한 장소가 아니라, 있는 그대로 바라볼 수 있는 내면의 쉼터였다. 시월은 그 안에서 자신에게 말할 수 있게 되었다.

"지금 내가 느끼는 이 감정은 수치심이구나."
"이 감정은 거절당한 기분이구나."

감정에 이름을 붙이는 일은 '나도 나의 감정을 진지하게 대하고 있다'라는 신호이기도 하다. 결국 자기 자신과 친밀해지는 과정이다. 감정이 있다는 건 살아 있다는 증거이자 여전히 내 마음이 반응하고 있다는 뜻이다. 감정을 표현할 수 있는 사람이 되면 삶을 더 편안하게 살아갈 수 있다. 시월의 말은 그렇게 다시 감정과 마음을 연결하는 다리가 되었다.

처음에는 짜증이라고만 느꼈던 순간이 사실은 무시당한 것 같은 기분에서 비롯되었음을 알게 되었고, 분노라고 생각했던 감정 뒤에는 나를 지키고 싶은 마음이 숨어 있음을 발견했다. 그렇게 감정에 이름을 붙이는 일은 자기 마음을 번역해 나가는 과정이 되었다. 그 번역은 어느새 자신을 향한 존중의 언어가 되었다.

생활의 루틴을 정비하고, 자신에게 맞는 리듬을 찾으려는 노력도 이어졌다. 자발적인 일정을 만들고, 자신만의 방식으로 대응하려 애썼다. 감정이 주도하는 삶이 아니라, 감정을 곁에 두고 걸어가는 삶을 선택하고 있었다. 관계에서도 변화가 있었다. 예전에는 타인의 감정에 쉽게 기대고, 그 기대가 충족되지 않으면 상처받고 혼자 감당해야 했지만, 이제는 경계를 만들고 거리를 만들 수 있다. 불편한 감정을 표현하는 연습도 계속되었다. 모든 사람과 좋은 관계를 유지해야만 한다는 강박에서 벗어나 자신을 지키는 관계와 자신을 존중하는 대화를 선택했다.

이제 시월은 자기 자신을 덜 비난하고 더 많이 이해하려고 애쓴다. 에너지가 고갈된 날에는 쉬어도 된다는 사실을 받아들이고, 혼자 있는 시간이 필요할 때는 그 고요 속에서 자신을 돌보려고 한다. 예전처럼 무언가 하지 않았다는 이유로 자신을 책망하기보다는 그 안에 깃든 욕구와 리듬을 읽으려고 노력한다. 지속 가능하게 나를 돌보는 법을 익히고 있다는 것은 삶의 태도 그 자체를 바꾸고 있다는 의미이다.

우울은 여전히 그녀의 삶 속에 함께 있고 아마 앞으로도 완전히 사라지지는 않을 것이다. 하지만 감정은 이제 더 이상 두려운 존재가 아니다. 아주 사소한 것들을 반복하며 얻는 작고 부드러운 변화를 누릴 수 있다. 시월의 하루는 그런 단단함과 여유를 품고 있다.

내가 나를 지킨다
자기 돌봄의 시작

 **"싫어! 안 해!"라는 말** (*write*. 시월)

선택의 순간마다 가장 중요한 것은 상대의 반응이었다. 내 과제를 끝내지 못했어도 친구가 자신의 과제 프린트를 해 달라고 부탁하면 거절하지 않았다. 누군가 놀러 가자고 할 때 사정을 말하고 거절하는 것이 힘들었다. 그렇게 놀러 가면 마음도 불안하고 후회되었다. 집에 돌아가야 하는 시간이 되어도 친구가 실망할까 봐 말하지 못했다.

누군가가 부탁을 하면 가능 여부를 따지기도 전에 어떻게든 해보겠다는 말이 먼저 나왔다. 어떤 자리에 초대받으면 내 컨디션이나 기분과는 무관하게 자연스럽게 따라갔다. 마치 내 삶의 핸들을 타인이 쥐고 있는 듯했다. 내가 진짜 원하는 것이 무엇인지 점점 감각을 잃어갔다.

무엇이 불편한지, 언제 힘든지, 어디까지가 참을 수 있는 한계인지 분간하기 어려워졌다. 관계 안에서 무언가를 주고받기는 했는데, 정작 내가 원하는 방식은 아니었다는 생각이 들었다. 감정을 표현하는 일이 어색하고 두려웠기 때문에 "그냥요.", "뭐 괜찮아요." 같은 말을 자주 했다. 항상 상대방이 느꼈을 감정을 먼저 추측했고, 그에 맞춰 나의 행동을 조절하는 데 익숙했다. 그 과정에서 내가 느낀 감정은 고려 대상이 되지 않았다.

나는 그동안 너무 많이 참았고, 너무 많이 맞춰줬다. 타인의 기분에 과도하게 책임을 지고, 상대를 불편하게 하지 않기 위해 나의 불편을 감추는 삶은 결코 지속 가능하지 않았다. 그 이후 나는 새로운 원칙을 하나 세웠다. '내가 싫다면 하지 않는다.' 처음에는 이 원칙이 이기적으로 느껴졌다. 내가 너무 자기중심적인 사람이 되는 건 아닐까, 인간관계에서 너무 계산적으로 보이진 않을까, 걱정이 앞섰다.

하지만 실천해 보니 생각보다 큰일은 벌어지지 않았다. 전날 밤을 새고 피곤했을 때 친구가 오랜만에 만나자고 한 적이 있었다. 평소의 나라면 친구가 실망할까 봐 내 상태를 고려하지 않고 바로 수락했을 것이다. 그러나 내 감정을 표현할

수 있게 된 후 나는 솔직하게 말했다. 나도 정말 놀고 싶은데 약속을 잡기에는 잠을 못 자서 피곤하다고 말이다. 그러자 친구도 이해해 주었다. 내가 예상했던 반응과 달랐다. 실망하는 기색을 보이지도 않았고, 다음에 놀자며 웃어 주었다.

오히려 내가 불편함을 표현할 수 있을 때, 상대도 나를 더 명확하게 이해할 수 있었고, 오해나 감정 소모도 줄어들었다. 말을 하지 못했을 때는 마음속으로 '이건 아닌데'라는 불만이 쌓였고, 그것은 관계의 피로로 이어졌다. 겉으로는 평온했지만 늘 서운함과 억울함이 쌓였다. 타인에 대한 분노나 자기혐오로도 이어졌다. '왜 나는 늘 참고 있을까?', '왜 이 사람은 나를 이렇게 대할까?' 하는 질문들이 떠올랐다.

그 답은 단순했다. 내가 싫다고 말하지 않았기 때문이었다. 표현하지 않으면, 상대는 알 수 없다. 이제는 하고 싶지 않으면 확실히 하고 싶지 않다고 말한다. 이런 거절은 아주 단순한 말이지만, 내 감정을 지키는 일이고, 동시에 상대를 진짜로 신뢰한다는 표현이기도 하다. 이런 변화가 처음에는 손발이 오그라들 정도로 어색했지만, 막상 말하고 나면 좋았다. 상대가 실망하거나 관계가 끊기는 일은 거의 없었다. 오히려 어떤 사람들은 "네가 그렇게 말해줘서 고맙다."라고 했다. 그 경험이 쌓이면서 싫다고 말하는 것은 관계를 거절하는 것이 아니라 건강하게 유지하는 방식이라는 걸 알게 되었다.

그러자 가까운 관계의 기준이 달라졌다. 물리적 거리가 아닌 정서적인 거리가 중요해졌다. 그 사람과 있을 때 내가 편안한지, 나다움을 유지할 수 있는지를 기준 삼게 되었다. 이전에는 모든 사람에게 좋은 사람이고 싶었지만, 이제는 그럴 필요가 없다는 걸 안다. 누군가는 나의 솔직함이 부담스러울 수 있고, 또 다른 누구는 편안하게 느낄 수도 있다. 모든 사람이 나를 좋아할 수는 없다는 당연한 사실을 받아들이자, 오히려 진짜 친밀한 관계에 더 집중할 수 있게 되었다.

이전에는 이 당연한 원리를 모르고 어떤 관계든 유지하는 것이 옳다고 생각했다. 심지어 상처를 반복적으로 주는 사람과의 관계도 쉽게 끊어내지 못했다. 하지만 이제는 다르다. 누군가와의 관계에서 반복적으로 내 감정이 무시당하고 나 자신을 잃는 느낌이 들면 관계를 다시 점검한다. 무조건적인 인내는 결코 미덕이 아니며, 때로는 거리를 두는 것이 더 건강한 선택이라는 걸 알게 되었기 때문이다.

나를 기준으로 선택하는 삶은 인간관계에만 적용되는 게 아니었다. 무엇을 먹을지, 어떻게 쉴지, 어떤 방식으로 하루를 보낼지 같은 사소한 선택에도 영향을 미쳤다. 예전에는 늘 '해야 할 일'에 밀려서 하루를 보냈다. 하고 싶은 일보다 해야 할 일의 목록이 항상 우선이었고, 그것들을 다 채우지 못하면 자책했다. 하지만 이제는 '하고 싶은가?'라는 질문을 나 자신에게 먼저 던진다. 게으름이나 회피가 아니라 스스로 책임을 묻는 방식이다.

이런 삶의 태도는 결국 나에게 시간과 에너지를 되돌려주었다. 감정을 억누르고 타인에게 맞추느라 소모했던 수많은 에너지를 이제는 나 자신을 돌보는 데 쓰고 있다. 타인에게 설명하거나 이해받지 않아도 괜찮다. 내가 나를 이해하고 있다는 사실이 나를 지탱하는 가장 큰 힘이 되었다.

나를 지키는 방식으로 사람을 대하고 나의 감정을 기준으로 결정을 내릴 수 있게 된 지금, 나는 비로소 내 삶을 살고 있다는 느낌을 받는다. 타인을 위한 삶이 아닌 나를 위한 삶. 억지로 좋은 사람으로 보이기 보다 진짜 나로 존재할 수 있는 삶. 선택의 문제라는 걸 이제는 안다.

◯ 물살이 거센 강을 건너는 사람　　　　　(*write.* 임려원)

물살이 거센 강을 건너는 사람은 언제나 두 가지를 동시에 품는다. 지금의 발걸음이 옳은가 하는 두려움과 그럼에도 불구하고 계속 걸어가야 한다는 결단. 시월의 변화는 그 용기에서 시작되었다. 삶에서 자신을 자꾸만 뒤로 미뤄두었던 시간, ‘이건 아닌데’ 하면서도 결국엔 맞춰주고 말았던 순간들. 그런 시간이 쌓이면, 사람은 자신을 잃는다. 타인을 배려한다는 말 뒤에는 자기 감정을 눌러 담는 일이 따르기 마련이다.

상담실에서 시월이 처음으로 “싫어요”라고 말했을 때, 그 한마디를 뱉는 것이 얼마나 어려웠을까. 입술은 잔뜩 굳어 있었고 말이 나오자마자 시선을 바닥으로 떨어뜨렸다. 두 손가락은 서로를 꼭 잡아 비비며 어디에 둘지 몰라 방황하고 있었다. 표정에는 미안함과 두려움, 그리고 아주 작은 해방감이 뒤섞여 있었다. 그 서툰 몸짓과 떨림 속에 그녀가 얼마나 오랫동안 이 말을 삼켜왔는지가 고스란히 담겨 있었다.

싫은 것을 싫다고 말할 수 있는 사람, 불편한 것을 불편하다고 표현할 수 있는 사람. 그런 사람이 되어간다는 건 쉽지 않은 일이다. 하지만 첫마디가 나오고 나면, 마음속 물살은 조금씩 방향을 바꾼다. 남에게 끌려다니던 마음이 나에게로 향하기 시작하는 것이다. 그런 사람은 더 이상 ‘배려’라는 이름 아래 자신을 밀어내지 않는다. 사람 좋은 웃음 뒤에 감춘 감정도, 참고 넘기던 말들도 하나씩 꺼내어 자신의 곁에 다시 놓아두고 있다.

그런 모습은 강한 확신을 품고 있다. 처음에는 작고 흔들리는 목소리로 뱉을지언정, 시간이 지나면 단단한 뿌리처럼 삶의 중심을 지탱한다. 나는 그 중심이 무너지지 않기를 간절히 바란다. 왜냐하면 그녀는 자신의 감정을 삶의 기준으로 삼기 시작했기 때문이다. 그 방향이 빠르지는 않아도, 꾸준히 자신을 향하고 있다는 것만은 분명하다.

시월은 이해심 많은 사람으로 보이는 일이 관계를 지키는 유일한 방법이라고 알고 살아왔다. 그렇게 오래 자신을 잃고 살아온 사람에게, 내가 싫다면 하지 않겠다는 선언은 얼마나 조심스럽고 심장이 나대는 일인가. 어쩌면 긴 시간을 통과한 끝에 도착한 곳이다.

마음은 견디기 힘든 상황 앞에서 스스로 지키기 위해 '방어기제'를 만들어 낸다. 이는 의식적인 선택이 아니라 오래 쌓인 경험 속에서 무의식이 익혀온 생존 방식이다. 그녀의 미소도 그 방어기제 중 하나였다. 겉으로는 부드럽지만 결코 쉽게 깨지지 않는 얇은 보호막처럼, 그녀는 말 대신 웃음을, 감정 대신 침묵을 내세우며 자신을 지켜왔다. 그렇게 켜켜이 쌓인 시간이 오늘의 그녀를 여기까지 데려왔다.

시월의 미소는 여전히 남아 있다. 하지만 지금의 미소는 방패가 아니다. 자기 마음을 알아차린 사람이 지을 수 있는 조금 더 정직하고 편안한 표정이다. 삶의 속도를 조금 늦추고, 자기 안의 감정을 돌아보며, 불필요한 의무감에서 한 발짝 물러나는 것. 그 선택들이 쌓여 자신이 사는 삶이 아닌 '자신을 위한 삶'을 만들어 가고 있다.

타인의 평가보다 자신의 감정에 귀 기울일 수 있게 된 것. 그리고 무엇보다 그 감정을 있는 그대로 존중하며 살아가는 것. 나는 그것이야말로 '자기를 지킨다'라는 말의 의미라고 믿는다. 어떤 선택 앞에서는 여전히 망설이기도 하지만, 그 망설임 속에서조차 자신을 놓치지 않으려는 노력이 느껴진다. 예전과는 다른 삶의 방향을 조금씩 잡아가고 있다는 조용한 신호처럼 다가온다.

그 변화를 지켜보며 나는 생각하게 된다. 사람은 언젠가 자기 마음이 향하는 곳으로, 조금 늦더라도 결국 돌아오게 된다. 그 목소리는 더 선명해진다. 어떻게 하루를 살아갈지, 어떤 말에 고개를 끄덕일지, 무엇에 멈추고 무엇에 마음을 줄 것인지 스스로 골라내는 일. 그렇게 자신만의 속도와 감각으로 살아가는 연습을 하는 그녀의 하루하루가 얼마나 소중한지 모른다. 마치 정돈된 빛처럼 차곡차곡 쌓여가고 있다.

영향력을 자각하고 선택할 수 있는 지금의 나는,
더 이상 과거의 내가 아니다.

5장

선택의 시간

한 발짝 멀어진 부모의 그림자
현재에 집중하기

❀ 그때의 나와 지금의 나는 다르다　　　　　　　(*write*. 시월)

과거는 쉽게 사라지지 않는다. 잊으려고 노력을 많이 해도 아주 사소한 계기로 불쑥 떠오른다.

아직 유치원에도 가지 못한 어린 아이가 편식을 했다고 집안의 모든 불을 끄고 거실에 혼자 남겨두었던 기억. 말을 듣지 않는다고 코와 입을 막아서 죽이려 했던 기억. 차가운 말투와 눈빛, 침묵, 혹은 어쩌다 들리는 큰소리나 꾸짖는 표정.

그런 장면이 떠오르면 지금의 내가 아닌 어린 시절의 내가 다시 살아나는 듯했다. 몸이 움츠러들고, 가슴이 조여 왔다. 살아있는 가치가 없는 것처럼 느껴지던 시절이었다.

　과거가 떠오르는 건 어쩔 수 없지만, 그 기억이 더 이상 나를 지배하게 둘 필요는 없다는 걸 지금의 나는 안다. 그것들이 나를 만든 건 맞지만 나의 전부는 아니라는 것도 안다. 지금의 나는 그 기억들과 함께 살아가되 더 이상 거기에 갇혀 있지 않으려고 애쓰는 사람이다.

　나는 이제 부모의 영향력을 인식할 수 있고, 그 영향에 휘둘릴지 말지 선택할 수 있다. 예전에는 그들의 말이 곧 진실이었고, 그 말에 반응하는 게 자동이었다면, 지금은 그 말에 대해 "정말 그런가?"라고 물을 수 있게 되었다. 더 이상 그것만이 유일한 진실은 아니라는 걸 받아들이게 되었다. 부모가 세상을 바라보는 방식과 내가 세상을 경험하는 방식은 다를 수 있다. 과거에는 감히 상상하지 못했던 생각이다. 예전에는 부모의 시선이 곧 세상의 기준이었고, 그 기대를 어기면 잘못된 사람이 되는 것 같았다.

　물론 여전히 어떤 결정을 앞두면 그들의 말이 머릿속에 맴돌고, 내가 선택한 길이 그들에게 어떻게 보일지를 상상하게 된다. 하지만 그런 순간마다 스스로 되묻는다. 질문을 반복하는 과정에서, 나는 조금씩 나의 감각을 믿기 시작했다. 부모의 말에 무조건 순응하거나 반대로 무작정 반항하는 방식이 아니라, 스스로 생각하고 결정하는 힘을 기르는 것이다. 이제는 그들의 말을 들을 수 있다. 하지만 그 말이 나를 흔들어놓지는 않는다.

정신적으로 심하게 스트레스를 받던 아르바이트를 그만
두던 때가 있었다. 부모님은 그것도 사회생활이라며 참고 견
디라고 하셨지만, 그렇게 하다가는 내가 남아날 것 같지 않았
다. 그래서 나는 적당히 조언만 얻어내고 아르바이트를 그만
두었다.

작은 반항부터 시작해야 한다. 내 의견을 들어주지 않는
이들 앞에서 말없이 수긍하게 되면 나의 목소리는 한없이 작
아진다. 자유는 단번에 오지 않는다. 내가 매일 나를 선택해
야 얻을 수 있다. '괜찮지 않은데도 괜찮은 척하지 않기', '불
편한 상황에서 피하지 않고 내 감정을 표현하기', '내 마음을
의심하지 않기' 이런 선택들은 겉으로 보기엔 사소해 보일지
몰라도, 내게는 치열한 싸움이다. 예전에는 불가능했던 작은
구분이 과거의 반복을 끊어내는 출발점이 된다. 그 싸움 속에
서 매일 조금씩 자라고 있다.

◯ 지나간 상처 위에 오늘을 새기다　　　　　　　(*write*. 임려원)

오래 잠겨 있던 마음의 서랍을 천천히 여는 기분이다. 그
문은 결코 쉽게 열리지 않았고, 그 안에는 수많은 망설임이
쌓여 있다. 과거를 향해 다시 걸음을 내딛는 일은 용기라는

말로 다 표현이 안 된다. 기억은 흐릿해졌지만, 그때의 감각은 여전히 선명하다. 꾸짖는 말투 하나, 눈을 마주치지 않던 표정 하나가 지금도 마음을 움켜쥐는 것을 보면, 과거는 시간 밖에서도 여전히 살아 움직인다. 이제 시월은 그런 기억 앞에 머무르기보다, 그 기억을 바라보는 사람으로 자신을 세워가고 있다. 조심스럽고도 용기가 필요한 일이다.

여전히 분노보다 혼란이 먼저 밀려오고, 설명되지 않는 서운함이 마음 구석을 물들이기도 한다. 어떤 감정은 너무 오랫동안 말해지지 않아서, 말로 옮겨지기 전에 먼저 긴 침묵으로 가득 찬다. 하지만 그런 순간마다 시월은 자신을 향해 되묻는다. "지금 이 감정은 어디서 왔을까." 짧은 문장이 그녀를 단단하게 붙잡아준다. 불안할 때면 '내가 누군가와 연결되고 싶어 하는구나.'를 알아차리고, 분노가 올라올 때면 '이건 내가 소중하게 여기는 무언가가 침해당했다는 뜻이구나.' 하고 멈춰 선다. 서운함이 생기면 이해받고 싶었다는 걸 생각하고, 두려워지면 위험에 처해있다는 것을 깨달으려고 한다.

시월은 감정들이 자신을 어디로 데려가는지, 가만히 귀 기울이며 기다릴 줄 아는 사람이 되어가고 있다. 슬픔이 길이 되고, 불안이 마음의 방향을 가리키는 나침반이 되는 순간을 인정한다. 감정은 견뎌야 할 짐이 아니라, 삶이 우리에게 보내는 조용한 안내문인지도 모른다. 그 안내문을 천천히 읽어가며, 자신만의 속도로 길을 찾아가고 있다. 그 걸음은 여전히 조심스럽다. 때로는 뒤를 돌아보기도 하고, 어떤 날은 같은 자리를 맴도는 듯 보이기도 하지만 결코 헛되지 않다.

시월은 한 문장, 한 호흡, 한 감정의 결까지도 정성스럽게 다룬다. 그 정직한 태도에서 자기 삶을 향한 깊은 책임감을 느낀다. 감정 하나를 다루기 위해 오래 머무르기도 하고 잠시 멈추기도 한다. 모든 시간이 회복이다. 판단하지 않고 있는 그대로를 바라볼 수 있게 되는 것, 그 자체가 힘이다.

때로 자책의 감정과 충돌하게 되면 조금 더 자기 자신에게 관대해지기를 바란다. 흔들리더라도 그 걸음을 멈추지 않는 용기가 있기를, 오늘도 가만히 지켜보며 마음속으로 깊이 응원한다.

어쩌면 우리가 어른이 되어간다는 건 이런 과정일지도 모른다. 오래도록 나를 규정하던 이름과 시선에서 조금씩 물러나, 나라는 존재를 다시 세우는 일. 그녀는 지금 그 길 위에서 있다. 서툴고 조심스럽지만 분명히 온기가 있다. 이 온기를 오래도록 기억하고 싶다.

나를 위한 말, 나를 위한 선택
억눌린 것들의 폭발

타인의 마음보다 더 먼저 봐야 하는 것 (*write*. 시월)

참고, 양보하고, 맞춰주다가도 어떤 순간에는 갑자기 폭발하듯 분노하거나 극단적으로 모든 관계를 끊고 싶어지는 때가 있었다. 자꾸만 큰 일이 일어날 것이라는 생각이 들어서였다. 실제로는 아무 일이 없는데도 말이다.

한때 친했던 친구는 기분이 나쁘면 말투가 냉정해지는 타입이었다. 나는 그런 상황이 되면 무척 불안했다. 그래서 내 감정을 꾹 참고 그를 달랬다. 그런 일이 반복되니 가끔은 참았던 감정들이 안에서 휘몰아쳤다. 마음이 힘들어지면 그가 보낸 메시지를 삼 개월 동안 안 보기도 했다.

감정을 억누르고 외면한 채 타인을 만족시키는 데만 집중했기 때문에 나 자신이 소진된 것이다. 내 행동과 말투가 상대방의 기분을 상하게 하지 않도록 조심했고, 누군가 실망하거나 불편해하지 않게끔 미리 상황을 조율했다. 그것이 배려라고 생각했다. 불편함을 참고 넘기면 관계가 더 부드럽게 유지될 수 있고, 불필요한 갈등도 피할 수 있다고 믿었다. 그러나 감정을 누르고 눌러도, 그것이 사라지는 건 아니었다.

표현하지 못했기 때문에 그 에너지는 안으로만 향했다. 무엇보다 무서운 건 내면의 소진이 일상화되는 것이었다. 지치는 것이 당연하게 느껴지고, 참는 것이 습관이 되었으며, 나를 우선순위에 두는 것에 죄책감을 느끼게 되었다.

타인의 감정을 먼저 고려하던 삶은 어느새 나를 검열하는 삶이 되어 있었다. 반복된 감정 억압과 무시의 결과로 정체성 자체가 희미해지고, 무엇이 나다운지도 분간하기 어려워졌다. 나만의 기준이나 가치관을 세울 기회조차 없었다. 시간이 지나면서 나만 애쓰고 있다는 생각에 화가 났다. 나는 그것을 감당하지 못했고 매번 갑자기 폭발했다. 어느 날 갑자기 모든 연락을 끊고 사람들을 멀리하며 고립되는 식이었다. 배려할수록 상대방에게 분노하게 되는 끝없는 피로와 억눌린 감정이 쌓였고 때로는 작은 일에도 분노가 폭발하듯 터져 나왔다.

타인의 기준이 아닌 나의 기준으로 묻기 시작하면서 삶의 중심축이 조금씩 이동했다. 처음에는 말하고, 선택하고, 결정하는 것이 낯설었고 주변 사람들에게 미안한 마음도 들었다. 늘 '예'라고 하던 사람이 '아니요'라고 말하자, 당황하거나 불편해하는 반응도 마주해야 했다. 관계를 망치는 건 아닐까 하는 불안이 생겼다. 그 과정에서 오래된 습관과 반사적인 반응을 점검했다. 말한 뒤에는 예상보다 훨씬 큰 해방감을 느꼈다.

내가 정한 기준에 따라 말할 수 있다는 감각은 생각보다 더 큰 힘이 있었다. 칭찬과 인정을 통해 내 존재 가치를 확인하던 삶은 자칫하면 타인의 기대에 중독된 상태가 되기 쉬웠다. 누군가 나를 필요로 한다는 감각, 나를 좋게 본다는 사실. 그것에 스스로 의지했다. 그러나 누군가 실망하더라도 내가 나를 버리지 않는 삶이야말로 진정한 연결이며 성숙한 관계의 시작이란 걸 알게 됐다.

감정을 설명하는 방식도 달라졌다. 이 정도는 참을 수 있어야 한다거나 이런 말을 하면 민폐일 거라고 생각하던 것에서 지금 내가 어떤 감정을 느끼고 있는지를 생각하는 것으로 바뀌었다. 불편한 자리에 억지로 가지 않기, 하기 싫은 부탁을 정중히 거절하기, 듣기 싫은 말에 침묵하지 않기와 같은 선택을 할 수 있게 되었다.

더 이상 바깥에서 방향을 받아 적지 않는다. 내 안의 나침

반을 믿고 따른다. 자기 삶의 주인으로 사는 것은 모든 것을 잘 해내야 한다는 강박적인 태도가 아니다. 오히려 불완전하고, 부족하고, 흔들리는 나 자신을 있는 그대로 인정하면서도 내가 원하는 방향으로 나아가는 것이다. 내가 원하는 것, 내가 불편한 것, 내가 바라는 것을 솔직하게 말하는 용기다.

○ 조용한 사람의 마음에 부는 바람 (*write*. 임러원)

겉으로 보기에는 아무 일 없는 듯 살아가는 사람에게도, 마음 안에는 자신만의 풍랑이 있다. 시월에게 세상은 늘 누군가를 먼저 생각해야 하는 곳이었다. 자신은 언제나 뒷자리에 앉아 있었고, 그 자리를 벗어나는 건 이기적인 일처럼 느껴지곤 했다. 그런 사람이 어느 날 갑자기 관계를 끊고 아무 말 없이 등을 돌리면 사람들은 당황한다. 시월의 단절은 이해받지 못한 채 또 하나의 오해로 남을 때가 많았다.

누군가는 '감정 조절을 잘못한 것'이라 말할지 모른다. 하지만 그건 조절하지 못한 감정이 아니라, 조절할 기회조차 없었던 감정들이 마침내 자신을 지키기 위해 터트린 마지막 외침에 가깝다. 그 선택을 비난할 수 없다. 애초에 감정을 터트릴 통로가 허락되지 않았으므로 오직 자기 안에서만 빙글빙

글 돌다가 결국 넘치고 말았을 뿐이다. 그런 순간을 너무 쉽게 '과민반응' 혹은 '유난'이라 부르며 단정지어서는 안된다.

누군가는 어떤 말을 아무렇지 않게 꺼낼 수 있지만, 다른 누군가는 그 말이 너무 낯설고 무서울 수도 있다. 울어도 된다는 허락이 주어지지 않았고 마음을 놓아둘 안전한 자리가 없었던 사람에게 감정 표현이란 자연스러운 일이 아니다. 감정을 누르는 것은 살아남기 위한 마지막 자존심이다.

어떤 사람은 감정을 너무 강하고 격하게 표현해 버리는가 하면, 또 다른 누군가는 자기 감정을 자신도 눈치채지 못할 정도로 깊이 눌러놓는다. 두 모습은 극단적으로 달라 보이지만 실은 감정을 표현하는 데 어려움을 겪는 것이다. 같은 뿌리에서 출발한다.

감정의 과잉 표현은 억눌려 있던 감정이 감당하기 어려울 정도로 밀려올 때 자신도 모르게 폭발해 버리는 방식이다. 마치 너무 오랫동안 참아왔던 숨이 한순간에 몰아쉬어지는 것처럼. 반면 감정의 과소 표현은 약간의 감정을 드러내려다 돌아올 반응이 두려워 다시 입을 다물게 되는 경우다. 감정을 표현했을 때 일어날 상황에 대해 예측이 너무 많아져서 말보다 침묵이 익숙해진다.

그래서 누군가의 격한 반응을 마주할 때 나는 되묻는다.

"당신은 그동안 어디에 감정을 놓고 있었나요?" 그리고 그 질문이 허공에 머물지 않도록, 다음에는 누군가에게 "여기에 놓아도 괜찮다"라고 말한다. 단어 하나가 내면의 혼란을 잠시 멈추게 할 수 있다는 사실은 놀랍고도 분명하다. "속상했어요.", "그땐 외로웠어요."라는 짧은 말들이 그녀의 긴장된 어깨를 조금씩 풀어주기 시작했다.

어떤 날은 전에 가졌던 생각의 틀이 불쑥 고개를 들기도 한다. 이전으로 되돌아간 게 아니다. 그 자리에서 숨을 고르고 다시 나아가기 위한 멈춤이다. 변화는 곧고 반듯한 직선이 아니라 돌아가고 멈추고 다시 걷는 반복의 시간이다.

불안도, 서운함도, 외로움도 모두 그녀 안에 늘 있었던 것들이다. 그 정서들이 다시금 떠오를 때 더 이상 밀어내지 않는다. 대신 바라보고 알아차리고 이름을 붙여준다. 마치 오래된 친구에게 인사를 건네듯이 말이다. 회복이란 완벽한 모습으로 다시 일어서는 것이 아니라 그날그날의 감정을 받아들이고 그 감정과 함께 살아가려는 마음에서 시작된다.

과거를 품는 것, 나를 견디는 것
내가 외면한 것의 실체

🌸 내가 기억을 바라보는 방식　　　　　　　　　(*write*. 시월)

　한때는 정말로 과거를 지우고 싶었다. 부모님이 올바른 감정 표현법을 가르쳐 주지 않았으니 나 또한 적절한 방식을 찾지 못했다. 친구들과 잘 놀다가도 일찍 집에 들어가야하는 날이면 신경이 예민해져서 화를 냈는데, 정작 집에 가서 부모님에게는 아무 말도 하지 못했다.

　언젠가부터 그 사실이 너무 부끄럽게 다가왔다. 그런 순간이 문득 떠오를 때마다 나는 숨을 제대로 쉴 수 없었다. 그때의 감정이 지금으로 밀려와 가슴을 죄는 것 같았다. 부끄러움, 자책, 억울함, 후회와 같은 감정들이 동시에 나를 짓눌렀다.

아무 일 없었던 듯 살다가도 그 시절은 쉽게 덮을 수 없는 그림자처럼 따라붙었다. 왜 상황을 벗어나려는 노력을 하지 못했는지, 그때의 나에게 끝없이 화를 냈다. 아무 힘도 없고, 표현도 서툴고, 모든 걸 내 탓으로 돌리며 가만히 있었던 시절의 내가 너무 답답하게 느껴졌다. 그러면서도 무력하게 바라볼 수밖에 없는 현실에 깊은 좌절을 느꼈다.

그렇게 살았던 시간이 없었다면 지금쯤 더 단단하고 자유로운 사람이었을 것만 같았다. 모든 선택과 반응, 침묵이 나를 지금의 나로 만든 것이 억울하게 느껴졌다. 과거를 부끄러워하는 마음은 결국 지금의 나를 부끄러워하는 태도로 이어졌고, 나의 감정, 반응, 행동 하나하나에 대해 의심하고 검열하도록 만들었다. 어떤 상황에서도 불안이 먼저 앞섰고, 종종 현실 도피나 과잉 보상으로 이어지기도 했다.

그때의 나와는 달라져야 한다는 강박 속에서 지나치게 완벽한 모습을 유지하려고 했고 실수를 용납하지 못했다. 한 번의 잘못된 선택이나 어색한 감정 표현에도 스스로 질책했고, '또 그때처럼 될지도 모른다'라는 불안을 가지고 있었다. 사람들에게 그런 이야기를 꺼내는 순간, 지금의 내가 너무 약하고 불완전한 사람처럼 보일까 두려웠다. 그래서 침묵했고, 그 침묵은 다시 나를 과거로 되돌려보냈다. 말하지 못하는 고통은 깊어졌고, 점점 더 나를 고립시켰다.

나는 미래에 대해서도 쉽게 희망을 품지 못했다. 변화하고 싶다는 욕망은 있었지만, 출발점이 '과거의 나를 없애야 한다'라는 전제였기에 늘 다시 제자리로 돌아왔다. 과거는 감정의 덩어리였다. 설명할 수 없는 죄책감, 반복되는 후회, 끝나지 않는 자책이 뒤엉킨 덩어리. 그 덩어리가 어떤 날은 무겁게 나를 짓눌렀고, 어떤 날은 예고 없이 터지며 하루를 망쳐놓았다. 과거가 사라지지 않는다는 사실이, 나에겐 견딜 수 없는 절망처럼 느껴질 때도 있었다.

시간이 해결해 주지 않는 상처도 있었다. 오히려 시간이 흐를수록 더 자주 떠올랐고, 그 기억은 현재의 나를 끊임없이 시험하고 의심하도록 만들었다. 시간이 지나고서야 알게 되었다. 상처 없는 과거는 없고, 그 상처를 끌어안는 것이 결국 나를 살게 만든다는 사실을. 그 순간을 계기로 기억을 다시 들여다보았다.

후회와 자책으로만 가득했던 장면에 처음으로 '이해'라는 감정을 덧입혔다. 어린 시절의 나는 살아남기 위해 애썼다. 눈치를 보고, 상처받지 않기 위해 침묵하고, 버려지지 않기 위해 늘 웃었다. 그건 나약함이 아니라 생존이었다. 그 사실을 인정하는 데 오랜 시간이 걸렸다. 과거는 바뀌지 않는다. 내가 아무리 노력해도 지워지지 않는 순간이 있다.

하지만 내가 기억을 바라보는 방식은 바뀔 수 있다. 과거는 내 일부일 뿐 전부가 아니다. 그때는 할 수 없었던 말도 지금은 할 수 있고, 그때는 감히 기대하지 못했던 위로도 지금은 받을 수 있다. 나는 내가 생각했던 것보다 훨씬 더 강하고 유연한 사람이었다. 거절당할까 봐 망설였는데 오히려 그 취약함이 관계의 시작이 될 때도 있었다. 진심을 보여주는 순간 내 앞에 있는 사람도 자신의 진심을 내보였다.

내 변화가 누군가에게 작은 희망이 되기를 바란다. 과거가 아픈 사람, 상처에 갇힌 사람, 그 시간을 지워버리고 싶은 사람에게 말해주고 싶다. 지우지 않아도 괜찮다고, 그대로 두고도 살아갈 수 있다고. 지금 이 자리에서, 상처를 품고도 충분히 행복해질 수 있다고. 내 삶이 그 증거가 되기를 바란다. 상처는 없어지지 않지만, 달라질 수는 있다. 나를 짓누르던 무게는 더 이상 나를 조종하지 않는다. 나는 그 기억을 끌어안은 채 여전히 살아간다.

◯ 침묵 속에 묻혀 있던 이름 (*write*. 임려원)

오래된 흑백사진 한 장을 꺼내보는 기분이 든다. 바랜 테두리 속에 또렷하게 박힌 얼굴 하나, 그 표정 안에 담긴 슬픔과 단단함, 복잡한 결의의 감정들. 과거를 지우고 싶다고 했던 말. 얼마나 무겁고 절박한 바람이었을까. 정말 지우고 싶은 건 자기 자신이 아니라 당시 느낀 감정일 것이다. 부끄러움, 두려움, 외로움… 그리고 그 모든 것을 혼자 끌어안으며 버텼던 시간 말이다.

어떤 마음일까? 감히 상상한다. 어둠 속에서 오래 울고 있던 아이에게 조용히 말을 건네는 일일까? 아니면 스스로 등을 돌리고 외면했던 기억 앞에 처음으로 고개를 숙이는 일일까? 그것도 아니면 상처를 흉터로 바꾸기 위해 오래도록 덧나던 마음을 조심스레 들여다보는 일일까?

시월은 마침내 오래 울고 있던 아이를 찾아냈다. 아주 오랫동안 어둠 속에 혼자 있었고, 너무 오래 울어 목소리가 나오지 않을 정도로 목이 메말라 있었다. 시월은 기억 속 아이에게 다정하게 말을 건넸다. 장면을 떠올리다 보면 나 역시 마음이 움직인다. 상담자인 나도 아직 내 안의 결함을 누군가에게 보여주는 일이 망설여질 때가 있다. 나약해 보이지 않을까, 실망을 안기지는 않을까, 조용히 물러서고 싶은 마음이 슬며시 올라온다. 그럴 때는 괜히 헛기침을 하거나, 싱거운 웃음으로 무마하거나, 대화의 방향을 틀어버리기도 한다.

그녀가 보여주는 조용하고 섬세한 걸음 속에서, 나는 사람의 회복이 얼마나 다정한 언어로 시작되는지를 본다. "거기 있었구나." 그 말은 과거의 나를 부정하지 않는 유일한 태도

이며, 지금의 나를 살게 하는 작은 숨결이기도 하다. 그 옆에 조용히 마음을 얹어본다. "나도, 거기 있었구나."

아이는 오지 않을 거라고 믿고, 자신이 이곳에 있다는 사실마저 스스로 지우며 버텼을 것이다. 그런 아이에게 누군가가 다가와 다그치지도 않고 설명을 요구하지도 않으며 조용히 말을 건넬 때 그 말은 울음보다도, 위로보다도 더 깊은 울림이다. 숨죽이며 버티던 시간이 단번에 이해받는 듯한 안도감. 시월은 그 말을 자기 자신에게 건네고 있다. 그토록 외면하고 싶었던 과거, 지워버리고 싶었던 장면들 속의 '어린 나'를 다시 만나기 위해 안으로 더 깊이 걸어 들어갔다. 시월은 아이의 곁에 앉아 주었다. 아무 일 없었던 척하지 않았고, 억지로 달래지도 않았다.

마음속 어딘가에서도 아주 오래 닫혀 있던 문이 조심스레 열리기 시작했다. 소란스러운 감정들, 오랜 슬픔, 억울했던 순간들, 누구에게도 말하지 못했던 감정들이 그 문틈 사이로 한 발 한 발 천천히 나오고 있었다. 괜찮지 않았던 모든 시간이 비로소 괜찮아진다. 자신과 관계를 맺기 시작했기 때문이다.

과거는 사라지지 않는다. 우리가 할 수 있는 건 그 과거에 새로운 의미를 부여하는 일이다. 한때 나를 짓눌렀던 기억이 언젠가는 나를 다시 일으켜 세우는 힘이 되기도 한다. 없애고 싶던 과거는 부끄러워해야 할 기억이 아니라, 감싸주어야 할 생존의 기억이다. 단단함이 아니라 부드러움으로, 강인함이 아니라 꾸준함으로 시월은 자기를 회복해 가고 있다. 그 여정이 누군가에게 '나도 가능할지 몰라' 하는 희망으로 닿을 수 있다는 것을 나는 믿는다.

지금 여기, 있는 그대로
불안을 대하는 방법

늘 불안했다.

뭔가 잘못한 것 같으면 밤에 잠이 안 오고, 누가 조금만 무표정해도 나 때문일까 싶었다. 다른 사람의 대화와 표정, 심지어 메시지 말투까지 분석하고 또 분석했다.

사람들이 나를 어떻게 볼까, 무례하게 느끼진 않을까, 이 상한 사람이라고 생각하진 않을까. 그런 걱정이 늘 머릿속을 차지하고 있었다.

당연히 지쳤다. 그런데 그런 상태도 인정하지 못하고 '내 가 왜 이렇게 피곤하지?'라고 생각했다. 제대로 말하고, 제대로 행동하고, 감정도 적당히 조절해야 한다고 배웠고, 정답처럼 살아야 괜찮은 사람이라는 믿음이 있었다.

문제는 그 정답이 너무 자주 바뀐다는 것이었다. 상황마다, 사람마다 달랐고, 내가 아무리 잘 맞춰도 누군가는 불편해했다. 그러면 또 나 자신을 탓했다. 나는 언제나 틀린 사람이 됐다. 상담을 시작하고 나서야 처음으로 '내가 틀린 게 아닐 수도 있겠다'라는 생각이 들었다. 감정이라는 게 어떻게든 조절하고 없애야 할 게 아니라 있는 그대로 인정할 수 있는 거라는 걸 처음으로 배웠다.

점점 달라졌다. 내 반응에 이유가 있다는 걸 알게 되면서, '왜 이러지?' 대신 '그럴 수도 있지'라고 생각하게 됐다. 실수를 해도 덜 무서웠다. 하루가 엉망으로 끝나도 그게 곧 인생 전체가 엉망이라는 의미는 아니란 걸 알게 됐다. 이제는 감정을 억누르기보다는 인정하고 필요한 만큼 표현하려고 한다. 화가 날 때는 왜 화났는지를 알아보려고 노력하고, 슬프면 그냥 슬픈 대로 하루를 보낸다. 내가 어떻게 느끼는지, 내 컨디션은 어떤지, 어느 지점에서 피로를 느끼는지를 먼저 살핀다. 완벽하게 반응하지 못한다고 해서 내가 덜 괜찮은 사람인 건 아니므로 다르게 생각해 보려고 한다.

가끔은 아무것도 하고 싶지 않은 날이 있다. 무기력함이

밀려와 아무 일도 손에 잡히지 않고, 머릿속은 공허한데 마음은 묘하게 무겁다. 모든 감정에 이유를 붙이려 하지 않고, 그냥 그런 날도 있는 거라고 생각한다. 실수는 누구나 하고, 후회도 삶의 일부라는 것을 받아들였다. 중요한 건 실수하지 않는 사람이 되는 게 아니라, 실수했을 때 자기 자신을 버리지 않는 사람으로 남는 것이다. 지금은 '이런 나도 나다.'라는 문장을 자주 되뇐다.

○ '좋은 사람'이 아니라 그냥 '나' (*write*. 임려원)

내담자들이 상담실에서 겪는 어려움 중 하나는 바로 '감정의 말'과 '감정의 느낌'이 서로 다르게 존재한다는 점이다. 시월과 같이 섬세하게 세상을 느끼는 사람일수록 내면의 혼란이나 아픔을 말로 옮기기 어려워한다. 낯설고 두려운 마음이 들 때 종종 미소로 그 감정을 덮고, 어울리는 표정으로 감정을 숨기게 된다.

말과 느낌이 어긋나는 그 어색한 지점에서, 상담자는 표정이나 눈빛, 말투에 더 주의를 기울이며 '진짜 감정이 무엇일까?'를 함께 찾아간다. 괜찮다는 시월의 말 뒤에 숨어 있던 서운함과 불안, 고단함이 천천히 드러나기 시작했다.

사람들의 표정을 빠르게 읽고, 적당한 웃음을 짓고, 분위기를 맞추기 위해 애쓰는 모든 태도 속에는 사실 '좋은 사람'으로 남고 싶은 바람보다 '버려지지 않기 위한 두려움'이 더 크게 자리하고 있다. 그러니 당연히 지칠 수밖에 없었다.

관계 안에서 실수할 때마다 걱정하던 시월이 어느 날 내게 말했다. "요즘은 그냥 이렇게 말해요. '내가 그때는 그럴 수밖에 없었겠구나'라고요." 실수해도 여전히 나라는 사람은 유효하고, 감정이 어지러운 날이 있어도 그 하루가 전부는 아니라는 것을 시월은 알아가고 있다.

나를 꾸미거나 억누르지 않아도 괜찮은 관계들이 생겨나기 시작한다. 이런 변화들이 그녀의 말투에, 시선에, 표정에 천천히 스며들고 있다. 얼마나 힘들고 고된 과정을 지나온 결과인지 알고 있었기에, 얼마나 많은 실망과 후회와 혼란이 있었을지도 헤아릴 수 있다.

우리가 감정을 알아차리고 표현하고 정리하는 일은 단 한 번의 결심으로 완성되는 일이 아니다. 수많은 시도와 실수, 그리고 자기 연민과 회복의 시간을 오가며 조금씩 나아지는 일이다. 완벽하지 않은 오늘을 살아가는 모습 자체가 가장 완전하다. 매일 다가오는 선택의 순간에 조금 더 자기답게 행동하려고 애쓰는 마음. 그 마음이야말로 삶을 단단하게 만드는 가장 고요한 힘이 아닐까.

시월을 처음 만난 날이 아직도 또렷이 기억난다. 밝게 웃던 얼굴에는 이상하게도 괜찮지 않은 기색이 선명하게 드러났다. 말과 표정이 어긋나 있는 느낌. 그 어색한 간극을 앞에 두고 어떻게 말을 걸어야 할지…. 나는 잠시 멈칫했다. 자신의 감정을 뒷전으로 미룬 채 살아내는 데 익숙해진 사람이었다. 하지만 익숙하다고 해서 편안한 것은 아니다. 오래된 상처가 흉터가 되었다고 해서 더 이상 아프지 않은 것도 아니다.

상담실이라는 낯선 공간에서 시월은 조금씩 자기 마음을 꺼내보는 연습을 했다. 눈치를 살피면서도 돌아보지 않고는 도무지 앞으로 나아갈 수 없다는 걸 느꼈다. 자기 고통을 어두운 구석에 묻어두지 않고, 꺼내는 데 매 순간 용기를 냈다. 지금도 무심코 "별일 아니에요."라는 말을 꺼낼 때가 있지만 그 말이 진심인지, 방패인지 스스로 알아차리려고 노력했다. 변화의 과정을 지켜보면서도 나는 시월이 가지고 온 침묵의 무게를 오래도록 잊지 못했다.

무너졌던 시간을 다시 쌓아 올리는 일은 화려한 성취가 아니다. 그러나 감정을 마주하는 그 순간들이 사람을 견디게 하고, 살아가게 만든다. 시월의 말들 속에서 그 섬세한 복원의 과정을 발견했다. 상처를 숨기지 않고 인정하는 그 순간, 상처는 더 이상 나를 정의하는 것이 아니라 내가 지나온 삶의 일부가 된다. 그리고 그때부터 사람은, 자기 감정의 주인이 되어간다.

부모의 사랑을 온전히 받지 못했던 시간, 이유 없는 꾸지람과 무관심 속에서 자신을 지키는 방법을 몰랐던 날들. 그 기억을 조심스레 풀어내는 일은 단단히 걸려 있던 오래된 빗장을 여는 일과 같았다. 아무렇지 않은 척, 잊은 척 살아온 삶의 단면을 직접 꺼내 보였다. 자신의 고통을 말할 수 있는 사람만이 진정한 위로에 닿을 수 있다면, 그날의 시월은 자기 삶의 중심에서 진짜 용기를 꺼내 든 것이었다.

시월은 자신이 살아낸 이야기를 세상에 내보내기로 마음 먹었다. 고통을 감추지 않고, 기록하고, 공유하기로 결심했다. 나는 그 결정을 누구보다도 존중하고 응원한다. 조용히 손을 내미는 일이기 때문이다.

타인의 시선에 휘둘리지 않고, 자신의 감정과 경험을 그대로 인정하고, 공개해도 괜찮다는 걸 보여주는 태도는 무엇보다도 강한 치유의 메시지다. 스스로 잘 돌보지 못했던 지난 시간을 돌아보며, 천천히 자신과 연결되는 여정이다. 아직 아물지 않은 상처도 있고 오래 눌러두었던 생각이나 형언하기 어려운 어떤 감정도 함께 있다.

우리가 사는 세상은 끊임없이 말한다. 더 강해져야 한다고, 더 잘해야 한다고, 흔들리지 말라고. 하지만 회복은 단단함이 아니라 있는 그대로의 나를 받아들이는 부드러움에서 시작된다. 시월은 그 부드러움으로 자신을 감싸는 법을 배워갔다. 타인의 기대보다 자신의 속도를 따르고, 완벽한 대답보다 솔직한 마음을 먼저 꺼내는 방식으로 자신을 대하기로 했다. 무언가를 잘 해내야만 의미가 있다는 생각에서 벗어나, 존재 자체로도 존중받고 싶어졌다.

이 책은 어떤 어려움을 극복했다는 이야기만은 아니다. 그보다 더 근본적인 전환, 지금의 나는 누구이며 어디쯤 와 있는지를 스스로 묻고 답해가는 시간에 대한 글이다. 그 질문에 필요한 인내와 연습, 정직함에 대한 이야기다. 자신을 두고 다양한 각도에서 비슷한 생각을 반복적으로 하게 되기도 한다. 조금 지루하게 느껴질 수도 있지만, 우리가 자신을 조금 더 따뜻하게 바라보고 이전보다 한 발짝이라도 나은 방향으로 가고자 한다면 그 모든 시도는 이미 충분히 의미 있고 소중하다.

지금 이 책을 펼친 당신도 어쩌면 그런 길 위에 있는지도 모른다. 어제와는 다르게 살아보고 싶어서, 나를 더 잘 이해하고 싶어서 이 이야기 앞에 조용히 앉은 것일지도 모른다. 그렇다면 말해주고 싶다. 아직은 잘 모르겠다는 마음도 괜찮고, 어디서부터 시작해야 할지 막막한 감정도 자연스러운 일이라고. 중요한 건 모든 마음의 시작점에 '당신'이라는 존재가 있다는 사실이며, 그것만으로도 이미 충분하다는 것이다.

시월의 상담일지가 당신의 길에 잠시 함께 머무르는 작은 쉼표가 되기를 바란다. 무언가를 가르치기보다 그저 옆에 앉아 조용히 걸음을 맞추는 동행으로 남기를, 그래서 언젠가는 당신도 자신을 향해 이렇게 말할 수 있기를 바란다.

"나는 나를 가장 먼저 알아봐 주는 사람이 되기로 했다."

임려원

나를 알아봐 주는 사람

상담자와 내담자가 주고받은 심리 상담 에세이

초판인쇄 2025년 11월 28일
초판발행 2025년 11월 28일

글 임려원 · 시월
그림 시월
발행인 채종준

출판총괄 박능원
국제업무 채보라
책임편집 구현희
디자인 홍재희
마케팅 문선영
전자책 정담자리

브랜드 타래
주소 경기도 파주시 회동길 230 (문발동)
투고문의 ksibook1@kstudy.com

발행처 한국학술정보(주)
출판신고 2003년 9월 25일 제406-2003-000012호
인쇄 북토리

ISBN 979-11-7457-270-7 03810

타래는 가족 갈등에 관한 도서를 출간하는 한국학술정보(주)의 출판 브랜드입니다.
타래란 '엉킨 타래를 푼다'는 의미로, 얽히고설킨 실타래를 풀어
진정한 가족의 의미를 찾아 나간다는 뜻을 담고 있습니다.
'가족 갈등'이라는 매듭에 묶여 길을 잃지 않도록,
더 아름답고 가치 있는 책을 만들고자 합니다.